中國語言文字研究輯刊

二四編

許學仁 主編

第**8**冊

孔壁遺文二集（上）

季旭昇 編

花木蘭文化事業有限公司

國家圖書館出版品預行編目資料

孔壁遺文二集（上）／季旭昇 編 -- 初版 -- 新北市：花木蘭
文化事業有限公司，2023〔民 112〕
序 2+ 目 2+156 面；21×29.7 公分
（中國語言文字研究輯刊　二四編；第 8 冊）
ISBN 978-626-344-244-3（精裝）
1.CST：古文字學 2.CST：文集
802.08   111021976

ISBN-978-626-344-244-3

中國語言文字研究輯刊
二四編　第 八 冊　　　　　　　　ISBN：978-626-344-244-3

孔壁遺文二集（上）

編　　者　季旭昇
主　　編　許學仁
總 編 輯　杜潔祥
副總編輯　楊嘉樂
編輯主任　許郁翎
編　　輯　張雅淋、潘玟靜　美術編輯　陳逸婷
出　　版　花木蘭文化事業有限公司
發 行 人　高小娟
聯絡地址　235 新北市中和區中安街七二號十三樓
　　　　　電話：02-2923-1455／傳真：02-2923-1452
網　　址　http://www.huamulan.tw 信箱 service@huamulans.com
印　　刷　普羅文化出版廣告事業
初　　版　2023 年 3 月
定　　價　二四編 9 冊（精裝）新台幣 30,000 元

孔壁遺文二集（上）

季旭昇 編

編者簡介

季旭昇，1953 年生，臺灣師範大學國文研究所博士、教授。臺灣師大退休後，轉任玄奘大學、中原大學、文化大學、聊城大學文學院特聘教授。現任鄭州大學「古文字與中華文明傳承發展工程」協同攻關創新平台、漢字文明中心講座教授。主要著作有：《季旭昇學術論文集》、《說文新證》、《詩經古義新證》、《常用漢字》、《〈上海博物館藏戰國楚竹書〉讀本》（五冊）、《〈清華大學藏戰國竹簡〉讀本〉》（二冊）、《甲骨文字根研究》、《詩經吉禮研究》，及相關論文多篇。

提　要

　　本論文集共收錄十二篇學術論文，文章討論的範圍包括朝鮮古文、文獻成書年代、傳抄古文、戰國竹簡和文字、漢語構詞、《春秋左傳注》中的名物詞、正體和簡體字、異形詞、《詩經》等內容。

季　序

　　天上烏飛兔走，人間浪湧沙淘，秦皇元帝的征塵已杳，歐方美域的煙硝猶熾，眾人熙熙名利攘，彼方唱罷此登場。只有文化學術的清流，原泉混混，不舍晝夜，因此能盈科後進，放乎四海……。

　　十年前我方屆耳順，門弟子希望有點活動。我以為學術研究是吾人最重要的事業，不如大家合力出個論文集，互相督促。於是有《孔壁遺文論集》的出版，甚有意義。

　　十年一瞬，倏忽將屆七十，門弟子以為十年應再磨一劍，因有《孔壁遺文二集》之議。諸君各騁驥騄，縱橫擅場，今文稿粲然大備，可以付梓了。

　　三千年前周文王以仁受命，武王翦商興周，周公制禮作樂，已奠我民族文化性格。孔子博文約禮，講經授徒，弟子三千，遍佈天下，影響極為深遠，今楚地出土竹書，多見孔門儒典，可以為證。及秦滅六王，統一四海，焚書阬儒，以為可以箝天下之口，絕周文之命。不料十九年而亡，孔壁猶有未焚之書，挾書律廢，斯文復興。近百年楚地出土多種竹書，學界競相投入，俊彩星馳，勝義紛陳，嘆為觀止。較之十年前，不知又「盛」過多少倍了。李白詩：「仰天大笑出門去，我輩豈是蓬蒿人。」俱懷壯志，文不在茲乎！與諸君共勉。

　　感謝花木蘭文化事業有限公司杜先生對本書的厚愛，感謝許主任的協助。感謝金宇祥、黃澤鈞二君辛苦承辦。

2022 年 11 月 15 日季序

上 冊

季 序

兕字賸義　季旭昇 ························· 1

履屢補說　陳美蘭 ·························· 11

以安徽大學「詩經簡」之〈關雎〉與傳世本做異文與
　用字的考察　鄭憲仁 ················· 17

安大簡《詩經》字詞柬釋　蘇建洲 ················ 33

正、簡體字局部筆畫差異溯源及傳承性之探究
　——以教育部常用字為範圍　陳嘉凌 ·········· 45

《汗簡》、《古文四聲韻》所錄《華嶽碑》古文補疏
　　　李綉玲 ····················· 63

因用字異體關係所形成之異形詞組研析（之三）
　　　鄒濬智 ····················· 95

《詩·邶風·燕燕》以「燕」起興探源　鄭玉姍 ······· 109

試論上古漢語所見以「解開」為核心義的詞族　金俊秀
　····························· 133

下 冊

從義素觀點論《素問》疾病之「發」　呂佩珊 ········· 157

楚地喪葬禮俗「鎮墓獸」性質之檢討與探究　陳炫瑋 · 173

清華柒《越公其事》第八章通釋　高佑仁 ··········· 205

據清華簡考釋戰國文字「尹」的幾種演變過程　黃澤鈞
　····························· 249

〈治邦之道〉譯釋（上）　金宇祥 ··············· 257

關於朝鮮文獻的資料庫分析方法及其實際——以朝鮮
　文人的「古文」與「古篆」關係為例　中世利 ······ 291

據安大簡《柏舟》辨別楚簡的「沨（泛）」與「淰（沉）」
　——兼談銅器《仲戲父盤》的「沨（黍）」　駱珍伊 · 313

兜字賸義

季旭昇

河南鄭州大學漢字文明中心
古文字與中華文明傳承發展工程協同攻關創新平臺講座教授

作者簡介

季旭昇，1953 年生，臺灣師範大學國文研究所博士、教授。臺灣師大退休後，轉任玄奘大學、中原大學、文化大學、聊城大學文學院特聘教授。現任鄭州大學「古文字與中華文明傳承發展工程」協同攻關創新平台、漢字文明中心講座教授。主要著作有：《季旭昇學術論文集》、《說文新證》、《詩經古義新證》、《常用漢字》、《〈上海博物館藏戰國楚竹書〉讀本》（第一、二、三、四、九冊）、《〈清華大學藏戰國竹簡〉讀本〉》（第一、四冊）、《甲骨文字根研究》、《詩經吉禮研究》，及相關論文多篇。

提　要

本論文除了把「兜」字各家的考釋進行介紹及評析，並且把晚近出土材料的相關資料補入，使得「兜」字的資料從甲骨、西周、春秋，到漢代更加完整。在字形分析方面，對甲骨「兜」字二形「胡」部的描述也更為精細，對西漢時期南越木簡的字形作了仔細的摹描，認為其下部應作人形。

　　兕字字形及本義的辨識，經過一段漫長的過程。從甲骨文到秦漢文字都有兕字，學者對兕字的考釋大體已分析得很完善了，只剩一些枝節問題，如：甲骨文兕字頭與角的辨析、侯馬盟書左上「」形的解釋、楚文字上部「○」形的作用、《說文》篆文及古文形體的來源等。都是枝節而零碎的小問題，因名篇為〈兕字賸義〉。

　　以下先列出整理後的字形表，然後依次進行分析：

1 商.合 30439	2 商.合 30439	3 商.合 30439	4 商.合 17850	5 商.合 21000
6 商.國博 261	7 商.合補 2472	8 商.合 33208	9 商.合 1353	10 商.合 2851
11 商.合 33375	12 商.合 20732	13 商.合 10438	14 商.合 10412	15 先周.周原 H11:113
16 周早.伯唐父鼎	17 春晚.侯馬盟書 67:39	18 戰.齊.璽彙 0153	19 戰.齊.璽彙 3483	20 戰.楚.薳夫人嬭鼎
21 戰.楚.曾 212	22 戰.楚.安一.詩 7	23 戰.楚.包 41	24 戰.楚.包 48	25 戰.楚.包.牘 1
26 戰.楚.包 2 馬甲	27 戰.楚.信 2.19	28 戰.楚.仰 32	29 戰.楚.包 269	30 戰.秦.放 210
31 西漢.馬.老乙 12.38	32 西漢.北貳.老 35	33 西漢.南越木簡 118	34 東漢.孔宙碑	35 東魏.元悰墓誌

甲骨文 🐎、🐎、🐎 等字，〔註1〕羅振玉《殷虛書契考釋》釋「馬」；〔註2〕1927 年李濟先生於安陽發掘出一巨獸頭骨，其上有此字，董作賓先生據此釋為「麟」，頭骨所附牙齒，法國古生物學家德日進先生鑒定為牛牙，故董作賓先生以為「麟」係牛之變種；〔註3〕唐蘭先生指出麟為鹿屬，與巨獸頭骨鑒定為牛屬不同，釋此字為「兕」；〔註4〕商承祚先生據貉子卣貉字左旁釋為「豸」。〔註5〕李孝定先生《甲骨文字集釋》卷九頁 3013 釋「兕」，又增加了《京津》1913 🐎（《合》8260）一形。〔註6〕

1956 年陳夢家先生以為「卜辭的兕當是野牛」；〔註7〕1985 年姚孝遂、肖丁先生《小屯南地甲骨考釋》頁 151 釋第 4462 片此字為「兕」，以為：「冢（兕）、犀乃古今字，今通稱犀牛。」〔註8〕1988 年丁山先生以為「犀」、「兕」一聲之轉，二獸一物，為方俗異名。〔註9〕

1983 年雷煥章先生在〈兕試釋〉一文中從獵兕的方法有射、涉，獲兕的數量很多，兕的甲骨金文字形，尾巴分叉，法國古生物學家 Sauveur d' Assignies 親至中研院觀察巨獸頭骨，商代安陽的獸類分佈，先秦到東晉文獻中的兕等各方面進行探討，得出兕是聖水牛、野水牛的結論。又指出李孝定先生所增列 🐎 形「沒有指示其角的部分……無法確定它們是否指同樣的野獸」。〔註10〕

〔註1〕姑用《甲骨文字詁林》頁 1602 字形，北京：中華書局，1996。

〔註2〕羅振玉《殷虛書契考釋・文字第五》，三五葉下「馬」字下第一形即此字。其後三六葉下以「🐎」為「兕」。

〔註3〕董作賓〈『獲白麟』解〉，中央研究院歷史語言研究所專刊之一《安陽發掘報告》第二期，287～335 頁，1930.12。

〔註4〕唐蘭〈獲白兕考〉，《史學年報》第一卷第四期，119～124 頁，1932.6。

〔註5〕商承祚《福氏所藏甲骨文字・孜釋》第四葉下，金陵大學中國文化研究所，1933。此據宋鎮豪、段志洪主編《甲骨文獻集成》（四川大學出版社，2001），第一冊，頁 281。商承祚與唐蘭二文互引對方之說，孰先孰後，難以考訂。此以文章發表先後為次。

〔註6〕此形《甲骨文字詁林》在檢索表中隸定為兕，但在正文第 3360 號條目下不做隸定，案語云：「地名。」李宗焜《甲骨文字編》列在「其他類」第 4312 號。如果從《合》30439 三形來看，此形還是有可能是兕，頭部後端的角形向下延伸，身體及足形擠到左邊，是《合》30439 進一步的訛變。

〔註7〕陳夢家：《殷墟卜辭綜述》，第 555 頁，科學出版社，1956 年。

〔註8〕姚孝遂、肖丁《小屯南地甲骨考釋》，北京：中華書局，1985.8。

〔註9〕丁山《商周史料考證》，北京：中華書局，1988.3，頁 175～177。

〔註10〕雷煥章〈兕試釋〉，《中國文字》（台北：藝文印書館，1983），新八期，頁 84～110；討論李孝定所增列字形部分，見頁 95。大致相同的內容，又見（法）雷煥章著、葛人譯〈商代晚期黃河以北地區的犀牛和水牛——從甲骨文中的🐂和兕字談起〉，《南

　　1996 年《甲骨文字詁林》按語說：「唐蘭釋兕是正確的，其餘諸說均非是。《說文》以兕、犀分列，實本同字。兕為象形，犀則為形聲。舊說以獨角者為兕，二角或三角者為犀……，實則今通稱之曰『犀牛』而無別。陳夢家以為『卜辭的兕當是野牛』，其說非是。」〔註 11〕2004 年楊龢之先生〈中國人對「兕」觀念的轉變〉，2009 年黃家芳先生〈「兕」非犀考〉都對兕、犀為兩種不同的動物做了詳細的說明。〔註 12〕2008 年守彬先生〈說兕〉、2011 年單育辰先生〈說「兕」「象」——「甲骨文所見的動物」之六〉，都贊成兕是野水牛。〔註 13〕

　　2010 年郭永秉先生〈睡虎地秦簡字詞考釋兩篇·二、日書〈馬禖〉篇「兕」字辨正——兼談《說文》「兕」字的正篆與古文〉除了贊成甲骨文諸字釋「兕」外，又指出《璽彙》00153、3483 二字應釋為「兕」，右下加「矢」為聲符；同時以為《睡虎地秦簡·日書甲種》簡 157 背的「兕（🐾）席」應改隸為「次席」，字從二從欠，一般文字編把此字摹成🐾是錯誤的；漢代銅器�公瓵之「鄵」作🐾，左旁所從實為「兕」；小徐本《說文》兕字古文作🐾不可靠，大徐本作🐾可能才是正確的字形；馬王堆帛書《老子》乙本 186 行兕字作🐾、🐾，下部與《說文》正文小篆形（🐾）較為接近，上部不作「凹」形而與大徐本古文上部較為接近；又在注 5 中指出「兕」字下從「儿」形的古文寫法，現在還沒有在先秦、秦和西漢文字資料中發現。它應該是從「𡙇」或「𡴺」的寫法變來的。〔註 14〕

　　2015 年，安徽大學入藏了一批戰國竹簡，其中有一部分是《詩經》，《周南·卷耳》「我姑酌彼兕觥」一句的「兕」字作🐾，徐在國先生〈談楚文字中的「兕」〉

　　　　方文物》，2007.4。

〔註 11〕于省吾主編《甲骨文字詁林》，北京：中華書局，1996.5，頁 1602。

〔註 12〕楊龢之〈中國人對「兕」觀念的轉變〉，《中華科技史學會會刊》第七期，2004.4，頁10～18。黃家芳〈「兕」非犀考〉，《樂山師範學院學報》2009 年第 3 期，頁 81～84。黃家芳以為兕是一種外型似牛、大獨角、皮厚、易捕殺的群居動物，晉朝時在中國境內已消失。但究竟是什麼動物，黃文並沒有明確指出。

〔註 13〕守彬〈說兕〉，復旦大學出土文獻與古文字研究中心網站，2008 年 11 月 6 日。單育辰〈說「兕」「象」——「甲骨文所見的動物」之六〉，《饒宗頤國學院院刊》，2015年第 1 期。

〔註 14〕郭永秉《睡虎地秦簡字詞考釋兩篇·二、日書〈馬禖〉篇「兕」字辨正——兼談〈說文〉「兕」字的正篆與古文》，《出土文獻與古文字》第三輯，頁 357，359，2010；又《古文字與古文獻論集》，上海：上海古籍出版社，2011 年。文末以為劉釗提供西漢南越木簡中的「兕」字下不從「儿」。

據此一字形釋出了一批楚文字中的「兕」：

 信陽 2．019 一友～膚

 包山 41 大夫番～

 仰天湖 35 一～□

 包山 48 大夫番～

 仰天湖 32 ～膚一堣（偶）轂

 包山 1 一和～廌（甲）

 包山 18 ～逘（路）公角

 包山 269 一和～廌（甲）

 包山 86 ～逘（路）公角宵阼

這些字舊釋為「贏」，經由對讀，徐文都改釋為「兕」，並以為字形「下部與『能』形混，當為『兕』的身體及四肢部分，上部推測應為『角』的訛變」，「《說文》『𦓐』形，當源於『𩔖』形。《說文》古文『𧆞』形，當源於『𣥂』形。」〔註15〕2019 年悅園（尉侯凱先生）在武漢大學簡帛論壇〈安大簡《詩經》初讀〉發言指出〈荊門包山二號墓部分遺物的清理與復原〉（《文物》1988 年第 5 期），其中一字寫作「𦓐」，以往文字編多未注意，根據安大簡「兕」字的寫法，可知該字應該釋為「兕」，表示這個馬甲是由兕皮製作的。〔註16〕馮聰先生於〈河南新出「傀夫人孋鼎」銘文補釋〉一文中指出傀夫人孋鼎的 𣥂 字應隸為兕。〔註17〕

李豪先生〈結合古文字和文獻用字論「兕」「弟」「雉」等字的上古聲母〉以為《信陽》2.19 一形右下從「弟」省形，為聲符；又據鄔可晶先生提示「楚

〔註15〕徐在國〈談楚文字中的「兕」〉，《中原文化研究》，2017 年第 5 期。

〔註16〕2019 年 10 月 27 日悅園在武漢大學簡帛論壇〈安大簡《詩經》初讀〉第 179 樓的發言，網址：http://www.bsm.org.cn/forum/forum.php?mod=viewthread&tid=12687&extra=&page=18。

〔註17〕馮聰〈河南新出「傀夫人孋鼎」銘文補釋〉，《中國文字研究》第三十輯，2019.12。「傀夫人孋鼎」李零〈再論淅川下寺楚墓──讀《淅川下寺楚墓》〉（《文物》1996 年第 1 期）作「遠夫人孋鼎」。

簡中的『○』形可能就是甲骨文『兕』字的角形脫離主體後的訛變」，因而主張這個部件既不是「厶」，也不是加注的聲符；又通過考察「兕」字的戰國文字字形，結合「兕」、「弟」、「雉」在文獻中的通用情況、諧聲分析、典籍異文，指出這三個字的上古聲基都是*l-，因此璽彙二形從「矢（與「雉」同聲符）」聲、《信陽》2.19 一形右下從「弟」省聲，所以「兕」字的聲基也是*l-；相反的，「『厶』字則似未發現與『弟』聲、『矢』聲、『夷』聲等字有通用的例子」；又以為放馬灘日書乙種簡 21 的兕字上作「凶」形，與《古璽彙編》3483 相同。〔註18〕

　　于夢欣女士〈試說古文字中的「兕」〉在未見馮文的情況下，同樣指出戰國早期邲夫人嬭鼎銘中的「」也是「兕」字，以為此字下部與《安大簡》「兕」字較近，與後來下部訛為「能」形的寫法有區別。又謂《侯馬盟書》67:39「」亦為兕字，此字與包山楚墓馬甲上沒有「厶」聲的「」當是兕字比較原始的寫法；又指出徐在國先生認為《說文》篆文「」形源於「」形，「」形源於「」形，其說恐不能成立。〔註19〕《楚地出土戰國簡冊合集・三・曾侯乙墓竹簡》212 有「」字，原整理者蕭聖中先生以為下從兕，全字疑為兕之繁構。〔註20〕于女士〈《楚地出土戰國簡冊合集》圖版箚記二則〉同意此字為兕，並以上上從徙聲，下部保留兕體及尾之形。〔註21〕李豪博士又以微信賜告西周早期銅器有「兕」字，見伯唐父鼎。與甲骨字形相近。

　　以上這麼多篇探討「兕」字的文章，「兕」字從甲骨到秦漢的字形，大體上是可以確定了，其定點有三個：一、《說文解字》「兕」字；二、甲骨文的「兕」是聖水牛或野水牛，雷煥章先生的文章已經做了全方位的探究，學者基本上都接受了這個說法。〔註22〕三、戰國楚文字的「兕」字，由於有安大簡《詩經》辭

〔註18〕李豪：〈結合古文字和文獻用字論「兕」「弟」「雉」等字的上古聲母〉，《出土文獻》2021 年第 1 期，2021.3。

〔註19〕于夢欣〈試說古文字中的「兕」〉，《出土文獻》2021 年第 2 期，2021.6。所列包山楚墓馬甲一形作，上部無「厶」，應據 1991 年文物出版社《包山楚墓》222 頁摹本；但《文物》1988 年第 5 期〈荊門包山二號墓部分遺物的清理與復原〉較早的摹本作，上部有「厶」。從楚文字其他同字的字形來看，似以《文物》所摹為是。

〔註20〕《楚地出土戰國簡冊合集・三・曾侯乙墓竹簡》（文物，2019.11），頁 42，注 8。

〔註21〕于夢欣〈《楚地出土戰國簡冊合集》圖版箚記二則〉，《漢字漢語研究》2022 年第 3 期。

〔註22〕雷文對兕是野水牛還是圈養的，態度有些游移。在頁 95、96 頁都說兕不是圈養的，是野生動物；但是在頁 109 結論的第（七）條說「在小屯，聖水牛的遺骸特別多，非常可能牠們當中有一些是圈養的，有一些則是野生的水牛」。雷文的這種認知，是當時大多數學者共同的看法。劉莉、楊東亞、陳星燦〈中國家養水牛起源初探〉（《考古學報》

例的對照，徐在國先生的考釋也為學界一致肯定，沒有疑義。剩餘的主要是各階段字形的銜接及字形的分析與解釋。

從甲骨文的「兕」到秦漢文字的「兕」，字形演變大體已經清楚了。只剩一些部件的解釋，還可以再進一步釐清。如甲骨文的「兕」，頭部與角形應如何分析，似乎可以解釋得更清楚。對頭形與角形明確區別的兕字，雷文頁 94～95 已有很正確的分析；但對頭角一體的字並沒有特別說明，而《粹》941（即《合》10438）一形甚至於引了丁驌先生的文章以為「畫有兩支角」，這其實是錯誤的。前舉雷文共收商代甲骨 42 形，依五期先後排列；劉釗先生《新甲骨文編》共收 28 形，依類組排列；李宗焜先生《甲骨文字編》收 109 形，依類組排列。這種排列法有其意義，但頭角形的區分及變化反而不容易統觀辨識。本文字表依頭角形態區分，先列頭角明顯區分的兕字，再列頭角一體的兕字。很清楚地看出，△1-5 兕字脖子的前面是一個張大嘴向前的頭形，頭形的後端是一支側視的大角；△6-8 頭形漸變，△8 的頭形雖然類化為「目」，但「目」的後面仍然有一支角。△9-11 頭形與角形已渾然一體，但角形還是頗為巨大而明顯。△12-15 的頭形已漸趨向代表一般獸類的「目」形，而△13 則或被誤釋為有兩支角。〔註23〕討論兕的頭角，當然要以△1-8 為主。（還有一些習刻或簡化過甚的字形，本表未收。可參李宗焜先生字表。）下圖亞長牛犧尊很清楚地顯示了巨口、頭、角的位置及形狀，可資比較。

2006 年第 2 期）從（一）本土水牛的發現及問題、（二）中國更新世和全新世的水牛遺存、（三）形態比較與 DNA 檢測、（四）本土水牛的屠宰模式、（五）稻作犁耕的問題、（六）野水牛的獵狩和盛宴、（七）儀式性狩獵和宴飲的威力、（八）中國本土水牛的命運、（九）中國家養水牛的起源、（十）中國南方和東南亞的家養水牛犁和水稻田、（十一）家養水牛的功能等十一個方面詳細考察了中國家養水牛起源的問題，並在頁 149 明確地指出安陽水牛（聖水牛）是土生土長的，沒有任何證據顯示它是家養的。

〔註23〕丁驌《契文獸類及獸形字釋》，台灣大學文學院中國文學系：《中國文字》第二十一冊，1966 年 9 月，頁 2426。

　　西周早期的「兕」字，字形與甲骨文相近。《侯馬盟書》的▨字，左下的頭部已經受到「能」形的類化，與甲骨字形差異漸大。此字由於是人名，字形下方中部又有個「∧」形，因此過去或認為是從「网」從「熊」的「羆」。〔註24〕前引于夢欣女士文章以為此字當改釋「兕」，如果能成立，那麼此形是由甲骨文過渡到戰國文字的重要橋樑。字形右上方為兕角，其餘部分與「能／熊」形近。左上的「▨」近於「目」而非「厶」，所以在此字中應該是兕頭部中的一部分。觀察《合》30439「兕」字第二、三形作▨、▨，牛胡處都作「▨」狀，推測《侯馬盟書》左上部件應該承自此形。左下的「肉」形，比照西周晚期番生簋的▨（能）字來看，「肉」形應該就是聖水牛的大嘴。此形在甲骨文《合》30439「兕」字三形及《合》17850 等字中作仰天張口狀，與商亞長牛犧尊一模一樣。〔註25〕《侯馬盟書》的嘴形則從字形上方移至字形左下方。至於字形下方中部的「∧」形應該是增繁的飾筆，不排除楚系△20、△22、△27 也是由於相同的筆法形成類似「人／卩」的部件。

　　戰國時代，野生的聖水牛在中國南方應該仍然活躍，《荀子・議兵》：「楚人鮫革犀兕以為甲，堅如金石〔註26〕；宛鉅鐵矛，慘如蜂蠆，輕利僄遫，卒如飄風。」《戰國策・楚策一》：「楚王游於雲夢，結駟千乘，旌旗蔽日，野火之起也若雲蜺，兕虎嗥之聲若雷霆，有狂兕䍧〔註27〕車依輪而至，王親引弓而射，壹發而斃。」《戰國策》的言語易涉誇張，但總是有一定事實基礎的。戰國文字「兕」字變化多樣，主要是因為文字書寫的自然變化，同時也因為戰國時代封建逐漸解體，各國文字異形，難免呈現多樣。

　　戰國兕字，目前只有齊系及楚系二種，前引郭永秉先生文章以為齊系二形右下從矢聲，可從。《璽彙》0153 上部的▨應是兕角，比照這個字形，《璽彙》3483 上部的▨形應該分析為▨，只是左右兩個圈靠得較近，整個字變得像

〔註24〕此字見山西省文物工作委員會編《侯馬盟書》（文物出版社，1976.12），頁 282。何琳儀隸為羆，見《戰國古文字典》（北京：中華書局，1998.9），頁 1544。

〔註25〕雷文在頁 95 已經明白地指出甲骨文兕字上部顯示一個方形而大的鼻面，有一些例子顯示開口的情況，此時上部凸起的兩處，實非該動物之兩角，而是其開口時分開的上顎與下顎。商亞長牛犧尊，2001 年安陽殷墟花園莊東地 M54 出土，現藏中國社會科學院考古研究所。與《合》30439「兕」字對照，外觀極為相似。

〔註26〕堅或作觢，王念孫據《史記》、《韓詩外傳》、《文選》、《太平御覽》改為堅。參王先謙《荀子集解》，北京：中華書局，1988.9，頁 281。

〔註27〕䍧，據繆文遠、繆偉、羅永蓮譯注《戰國策》（北京：中華書局，2012.6），頁 35。

「凶」。它雖然寫成左右二體，但仍應視為側視聖水牛的一支角，而不是兩支角的犀牛。

楚系文字的角形，如徐在國先生所分析，應是（此形與齊系文字應該是同一個角形的不同變化，只是楚系寫成構字功能較強的形部件），如此一來，於其上部的形應該就不是角的一部分。它有兩個可能，一是如同前舉侯馬盟書兇字的「」，是兇字頭部下胡的一部分，但是楚文字位移到兇字的上方；另一個可能是徐在國先生說的「厶」聲。李豪先生〈結合古文字和文獻用字論「兇」「弟」「雉」等字的上古聲母〉從好幾個面向進行討論，強調「『厶』字則似未發現與『弟』聲、『矢』聲、『夷』聲等字有通用的例子」，因此「兇」不從「厶」聲。文章相當細膩，也有一定的說力。不過，有些地方也許可以再討論。厶字及兇的構字能力較低，所以能拿來說明通假、異體的例子非常少，「說有易，說無難」，現在沒有，不代表未來也都沒有。再說，目前可見的材料也未必完全沒有，如何琳儀先生《古幣叢攷‧釋四》中主張「四」是「厶」的分化字，裘錫圭先生在該書書首〈古幣叢攷讀後記（代序）〉中以為這「是文字學上的一個創見，十分值得注意」。〔註28〕而古「泗」通「洟」，《詩‧陳風‧澤陂》「涕泗滂沱」，朱駿聲《說文通訓定聲》云：「泗，叚借為洟。」（參《漢字通用聲素》頁794）。由此看來，「厶」和「夷」的關涉還是存在的。

《包‧牘》1作，右下變化較大，應如《郭店》「能」字或作（〔註29〕〈五行〉9）、（〈六德〉43）等形，兩腳合併為一，又再加變化。《包》269一形作，駱珍伊博士於讀書會指出應為受「襄」字影響的訛形，楚系「襄」字或作（鄂君啟車節）、（《上博六‧競公瘧》12）、「讓」字作（《上博八‧顏淵》7）、「孃」字作（《上博三‧彭祖》7），與《包》269此形接近。

秦系文字放馬灘一形上部作形（），下部從豕形，與△17一形（去矢旁）應為同一來源，也和《說文》古文的上部同形。《睡虎地‧日書甲種》157背舊釋「兇」字，前引郭永秉先生文改釋「次」。可從。此字相關的字形圖版及摹

〔註28〕何琳儀《古幣叢攷》，安徽大學出版社，2002.6，頁24。裘文見該書頁1。

〔註29〕為便觀覽比較，附滕壬生摹字，見《楚系簡帛文字編（增訂本）》（湖北教育出版社，2008.10），868～869頁。

寫如下：

| 1 | 2 | 3 | 4 | 5 |

1. 睡虎地秦墓竹簡（文物出版社，1990.9）頁 116，釋「兜」。2. 張守中《睡虎地秦墓竹簡文字編》（文物出版社，1994.2），頁 151 列於「兜」下。3. 方勇《秦簡牘文字彙編》（吉林大學博士論文，2010 年 4 月）釋「兜」，後於《秦簡牘文字編》（福建人民出版社，2012.12）頁 266 改釋「次」。4. 武漢大學簡帛研究中心、湖北省博物館、湖北省文物考古研究所編《秦簡牘合集 1.睡虎地秦墓簡牘》（武漢大學出版社，2014.12）頁 820.日書甲種簡 157 背一般照片；5. 同上，紅外線照片，隸定為「次」。

　　《睡虎地秦墓竹簡》的照片不是很清楚，原整理隸為兜，看起來跟《說文解字》的兜字古文很像，大家也都接受這個隸定。前引郭永秉先生文章從簡文內容、席子的形制、「兜」的字形結構及演變等各方面指出此字應為「次」。雖然秦漢文字「次」左旁兩筆一般都作平筆、或由左下往右上寫，但確實也有由左上往右下寫的，如《里耶秦簡（壹）》8-50 作（以次續食）、8-523 正作（以坐次相屬）；而《睡虎地秦墓竹簡‧語書》8 作，尤其是最好的佐證。

　　漢文字上部作，與齊文字△17 同源；或作隸化作。下部早期作獸體形，後來都作人形。

　　從上引戰國秦漢字形來看，大徐本《說文解字》兜字的篆文作（中華書局《叢書集成》覆平津館本），上部作凹形；古文作，下部作儿形，顯然是有問題的。〔註30〕從放馬灘秦簡來看，小篆最合理的字形應作，古文則無從推測，目前見到戰國文字中的兜字寫法都很複雜，沒有像《說文》古文這種簡省的字形。

〔註30〕前引郭文對這一部分已有相關的探討，不贅引。

履屨補說

陳美蘭

國立暨南國際大學中國語文學系副教授兼系主任

作者簡介

陳美蘭。國立臺灣師範大學國文學系博士，現為國立暨南國際大學中國語文學系副教授。學術專長為古文字、出土文獻研究，撰有《戰國竹簡東周人名用字現象研究：以郭店簡、上博簡、清華簡為範圍》、《中華經典藏書：禮記·孝經》（《禮記》部分）、《西周金文地名研究》等書，發表學術論文若干篇。

提　要

〈履屨補說〉討論履、屨二字的形義問題，從古文字角度，認為後世表示鞋履義的「屨」字乃從古文字訛變後的「履」字類化而來，其形成時間約在秦代。

　　履、屨二字形義問題，自來不乏學者關注，綜觀研究路徑大致可分為兩類：一是以古書為主的討論，聚焦於履、屨二字的歷時使用變化；一是以古文字為主的考證，側重履字字源的追溯。

　　以古書為主的論述，旨在釐析二字用法之別及更替時代。〔註1〕早在晉代即有學者關注履、屨二字的用法，《說文》屨篆段注云：「晉蔡謨曰：『今時所謂履者，自漢以前皆名屨。……』按蔡說極精。」〔註2〕當代學者論述多以蔡謨之說為討論起點，爬梳傳世古書提出論據，對蔡說或從或否。近年胡波先生結合簡帛材料提出如下的觀點：「無論從傳世文獻還是從簡帛文獻來看，都可以證明『履』對『屨』的替換完成時間就在西漢早期。」〔註3〕

　　古文字考證方面，主要討論對象是甲骨金文的「履」字。〔註4〕目前研究成果多以甲金文 （《合集》33284）、 （《集成》2832）兩類寫法為「履」，〔註5〕成為學界共識。至於隸楷時期的「履」形，袁倫強先生分析如下：

> 《說文》據小篆字形分析為「从尸从彳从夊，舟象履形」，裘先生已指出「篆文『履』字的『尸』旁也許就是由眉形訛變而成的」，②「彳」應該是由「舟」形裂變而來，而所謂「象履形」的「舟」應該是「百」形的訛變，履即明確寫作百。從時代更晚的字形履（《居新》5562）、履（東漢《夏承碑》）、履（隋《謝嶽墓誌》），仍舊依稀可辨各部分的來源。〔註6〕

〔註1〕如張標〈屨、履考〉，《中國語文》1989 年第 5 期；李淑惠：〈《屨、履考》質疑〉，《遼寧師專學報》2005 年第 6 期；董玉芝：〈「屨」、「履」、「鞋」的歷時發展與更替〉，《語言與翻譯》2009 年第 2 期；劉景：〈試析「屨」、「履」、「鞋」的歷時演變〉，《安徽文學》2010 年第 8 期王彤偉：〈「屨、履」詳考〉，《勵耘語言學刊》2016 年第 3 期；夏業梅：〈常用詞「屨」與「履」的演變研究〉，《現代語文》2018 年第 2 期。

〔註2〕段玉裁：《說文解字注》（北京：中華書局，2013），頁 407。

〔註3〕胡波：〈先秦兩漢「屨」、「履」更替考——基於簡帛和異文材料的重新考察〉，「第二屆漢語詞彙史青年論壇」會議論文，漳州：閩南師範大學，2019 年 11 月 17 日。

〔註4〕如裘錫圭：〈西周銅器銘文中的「履」〉，《古文字論集》（北京：中華書局，1992）；徐寶貴：〈甲骨文考釋三則〉，《于省吾教授百年誕辰紀念文集》（長春：吉林大學出版社，1996）；劉桓：〈甲骨文字考釋（四則）〉，《古文字研究》第 22 輯（2000）；袁倫強：〈甲骨文「履」字補釋〉，《出土文獻》2022 年第 2 期。其他文章略及此字者，可參袁文。

〔註5〕最近袁倫強先生在諸家基礎上考證甲骨文 （《合集》18982， 《甲骨續存（上）》1270拓片較清晰）也是履字，參氏著：〈甲骨文「履」字補釋〉，頁 49～50。

〔註6〕袁倫強：〈甲骨文「履」字補釋〉，頁 46。

關於隸楷「履」字所從彳旁，受到小篆「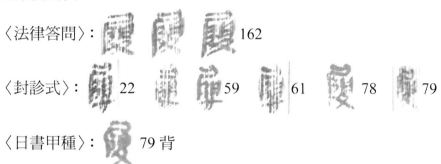」形的影響，若非細考來歷，讀者很可能查考《說文》分析便直觀以為：不論作為履行或鞋履，字義皆攸關行動，加上彳旁乃是疊加義符。實則不然，從出土文字看來，小篆的舟、夂偏旁可在金文找到演變的痕跡，〔註7〕如 （《集成》10134，西周晚期），只是此時夂旁（止形）還合理地寫在頁字底下，但尸、彳兩偏旁則甲金文未見所承，上引袁文以為小篆所從「舟」旁乃從金文百旁訛變，而「彳」旁乃從金文中的舟形裂變而來，從秦簡可以看到明顯的痕跡，我們以「履」字出現次數較多的睡虎地秦簡為例：〔註8〕

〈法律答問〉：　　　　　　　162

〈封診式〉：　　22　　　　59　　　61　　　78　　　79

〈日書甲種〉：　　79背

「履」字尸形左下豎筆的右側部件明顯與「彳」有別，當然，我們也必須考慮書手刻意變化寫法的可能，觀察〈法律答問〉162同簡「律」字寫作 ，〈封診式〉78同簡「迹」字作 ，「履」字所從與秦簡典型彳旁的筆勢明顯不類，因此不宜析為「彳」旁疊加義符，我們認為袁先生此段析論是可信的。

透過諸多學者跨世紀的接力研究，「履」字源流有了清晰的輪廓。在此基礎上，我們要談談另一個同義字「屨」的來歷。

關於「屨」字，胡波先生有一段觀察描述：

> 出土文獻中，表示「鞋子」義的「屨」、「履」甲骨文和金文均未見。
> 在戰國早中期的遣策類楚簡中，則僅見「屨」不見「履」；秦簡中，
> 「屨」僅在《睡虎地秦墓竹簡·日書甲種》中出現，「履」則常見於
> 睡虎地秦簡和岳麓秦簡的法律類文書中；漢代簡帛中情況就完全不
> 一樣，表示「鞋子」義則僅用「履」不用「屨」，尤其是西漢早期的
> 漢墓遣策中僅見「履」，這與戰國楚簡遣策的情況截然相反。「屨」、

〔註7〕袁倫強：〈甲骨文「履」字補釋〉，金文「履」字表，頁45。

〔註8〕陳偉主編：《秦簡牘合集·壹》，武漢：武漢大學出版社，2014年12月。以下睡簡字形引自此書，不另出注。

「履」二詞在簡帛中的使用情況，同樣具有明顯的時代特徵，這可以與傳世文獻進行相互印證。〔註9〕

誠如上文所述，表示鞋履義{履}的「履」字，目前僅見於睡虎地秦簡，字形如下：

〈日書甲種〉：  57背　　58背　　61背

不過，文中提到戰國楚簡「僅見『屨』不見『履』」，則值得進一步探究。

楚簡中表示鞋履義的{履}，已公布的材料多寫作「縷」，或作「婁」、「䙝」：

1.	一生絲之**縷**（履）	望山 M2　簡 49〔註10〕
2.	□**縷**（履） 靳**縷**（履）	五里牌 M406　簡 11〔註11〕
3.	一新智（鞮）**縷**（履） 一惡（舊）智（鞮）**縷**（履） **縷**（履），新**縷**（履）	仰天湖 M167　簡 15〔註12〕
4.	一兩繡䩱**縷**（履） 一兩絲紙**縷**（履） 一兩刹（漆）緹（鞮）**縷**（履） 一兩詎**縷**（履） 一兩緅**縷**（履）	長臺關 M1　簡 2-02〔註13〕
5.	一魚皷（皮）之**縷**（履） 二緹（鞮）**婁**（履）	包山 M2　簡 259〔註14〕
6.	二絟**縷**（履）	老河口安岡 M1　簡 3〔註15〕

〔註 9〕胡波：〈先秦兩漢「屨」、「履」更替考——基於簡帛和異文材料的重新考察〉，「第二屆漢語詞彙史青年論壇」會議論文，漳州：閩南師範大學，2019 年 11 月 17 日。

〔註10〕湖北省文物考古研究所、北京大學中文系：《望山楚簡》（北京：中華書局，1995 年 6 月），頁 61。

〔註11〕採劉國勝先生釋讀，參氏著：《楚喪葬簡牘集釋》（北京：科學出版社，2011 年），頁 143。

〔註12〕湖南省博物館等：《長沙楚墓》（北京：文物出版社，2000 年 1 月），圖版一六二。

〔註13〕武漢大學簡帛研究中心、河南省文物考古研究所：《楚地出土戰國簡冊合集 2：葛陵楚墓竹簡長台關楚墓竹簡》（北京：文物出版社，2013 年 1 月），頁 79。

〔註14〕湖北省荊沙鐵路考古隊：《包山楚墓竹簡》（北京：文物出版社，1991 年 10 月），圖版一一二。

〔註15〕王先福主編，襄陽市博物館、老河口市博物館編著：《老河口安岡楚墓》（北京：科學出版社，2018 年 11 月），圖版四四。

7.	一絲紙之王秾（瑟）之綏豐（屨） 一絲紙紡綏豐（屨）	老河口安岡 M2　簡 2〔註 16〕
8.	趨＝（糾糾）葛縷（屨）	安大一　簡 100〔註 17〕

這些表示{屨}的異寫皆以「婁」為聲符，例 5 寫作「婁」者，純粹表音；例 1-6、8 從糸作「縷」表示鞋履的材質，此與後來表示絲線義的「縷」字宜視為同形字；〔註 18〕至於例 7「豐」字，戰國文字多讀為「數」，〔註 19〕讀為「屨」者，目前只此一見。上列文字時代遍及戰國早中晚期，出土地域以楚地為中心，先秦其他地域的寫法，由於出土材料的限制，不得而知，但至少可推知楚地習用從婁得聲的字形來記錄鞋履義的{屨}。再看同樣出於楚地的睡虎地秦簡（M11），〔註 20〕這批材料記錄鞋履義已出現「履（履）」、「屨（屨）」兩種寫法，近於東漢許慎《說文》的分析：履——從尸、從彳、從夊，舟象履形；屨——從履省，婁聲。二字的意義實與「尸」、「彳」兩個偏旁無直接關係，承上所述，我們認為後世表示鞋履義的「屨」字乃從古文字訛變後的「履」字類化而來，其形成時間約在秦代。從現有材料看來，楚簡表示鞋履義的「縷」字出現時代早於秦簡「履」字，我們可以合理認為這是楚地為鞋履義所造的專字，楚簡類似現象不勝枚舉，如《郭店・老子甲》簡 2：「江海所以為百浴（谷）王，以其能為百浴（谷）下，是以能為百浴（谷）王。」〔註 21〕山谷義的{谷}，簡文書作「浴」，這是用來表示山谷的專字，與沐浴之{浴}是同形字。〔註 22〕

〔註 16〕王先福主編，襄陽市博物館、老河口市博物館編著：《老河口安岡楚墓》，圖版四八。
〔註 17〕安徽大學漢字發展與應用研究中心編，黃德寬、徐在國主編：《安徽大學藏戰國竹簡（一）》（上海：中西書局，2019 年 8 月），頁 57。
〔註 18〕上博簡《周易・井卦》簡 45 有「隹敝縷」一句，據楚簡用字習慣，我們認為可讀為「唯敝屨」，唯經查考，曾憲通、陳偉武主編：《出土戰國文獻字詞集釋 13》（北京：中華書局，2018 年 12 月）頁 6450「縷」字按語已提出此看法，謹誌之。
〔註 19〕白于藍：《簡帛古書通假字大系》（福州：福建人民出版社，2017 年 12 月），頁 239。
〔註 20〕整理者指出其抄寫時代最早只可能是戰國末期，參睡虎地秦墓竹簡整理小組：《睡虎地秦墓竹簡》（北京：文物出版社，1990 年 9 月），「出版說明」頁 1。
〔註 21〕荊門市博物館：《郭店楚墓竹簡》（北京：文物出版社，1998 年 5 月），頁 3。
〔註 22〕楚簡專字有專論研究，如周翔《楚文字專字研究》，合肥：安徽大學博士論文，2017 年 2 月；張為：《漢字專字研究》（福州：福建師範大學博士論，2017 年 6 月）第三章第三節也引證若干戰國楚地的專字現象。

另外，《說文》將「履」篆列為部首，除了「屨」篆之外，尚有「屜」、「屛」、「屬」、「屐」四字，許慎逐析為从履省，從小篆看沒有問題，這幾個與鞋履義相關的字未見於古文字材料，其生成時代應是在「屨」、「履」二字定形之後類化而成。

最後略論屨、履二字語源。

承上文先說屨字。劉熙《釋名·釋衣服》：「屨，拘也，所以拘足也。」〔註23〕現代學者有不同看法，無論楚簡、秦簡或《說文》小篆，皆以「婁」聲為語根，殷寄明先生《漢語同源詞大典》將从婁聲及同音字歸納出幾種意義：空義、相連義、高義、彎曲義等，〔註24〕把屨字歸入空義，與髏、廔、簍、塿、鏤、竇為同源詞，從鞋履納足的視角，殷先生的歸類是合理的。不過，從上列遣冊可知，先秦鞋履材料有絲有革，〔註25〕楚簡表示鞋履義的字形也有不少寫作从糸之「縷」，加上先秦兩漢傳世古書不乏「織屨」之語，如《孟子·滕文公下》「彼身織屨」、《莊子·列御寇》「困窘織屨」、《韓非子·說林上》「魯人身善織屨」、《韓詩外傳》卷九「夫子以織屨為食」、《漢書·翟方進傳》「織屨以給方進讀」等，我們認為「屨」字从婁聲取自相連義，似亦無不可。

至於履字，劉熙《釋名·釋衣服》：「履，禮也，飾足所以為禮也。」〔註26〕許慎《說文》「履，足所依也」、「禮，履也」，東漢學者以聲訓方式解釋履、禮關係，將履字提升至形上意義──禮的踐履義。鞋履的發明起於保護足部的實用功能，我們若要討論履字的語源，還是得從早期古文字入手，學者討論甲骨文履字用法，解為動詞，有舉行、前往、到達、行走等不同釋讀，〔註27〕陳年福先生曾歸納甲骨同義詞，表示外出義者如去、步、出、往、行等字，〔註28〕表示到來義者如各、宛等字，〔註29〕不過上列諸字與履字的聲音都有些距離，只能視為同義／近義詞，尚無法推敲諸字與履字的語源關係，姑存待考。

〔註23〕（漢）劉熙：《釋名》（北京：中華書局，2016 年 4 月），頁 76。
〔註24〕殷寄明：《漢語同源詞大典·下冊》（上海：復旦大學出版社，2018 年 1 月），頁 1372～1378。
〔註25〕楚地鞋履出土實物參夏添、王鴻博、崔榮榮：〈楚漢鞋履構型及工藝特徵補遺〉，《絲綢》2020 年第 10 期。
〔註26〕（漢）劉熙：《釋名》，頁 75。
〔註27〕袁倫強：〈甲骨文「履」字補釋〉，頁 47～48。
〔註28〕陳年福：《甲骨文動詞詞匯研究》（成都：巴蜀書社，2001 年 9 月），頁 70。
〔註29〕陳年福：《甲骨文動詞詞匯研究》，頁 71。陳

以安徽大學「詩經簡」之〈關雎〉與傳世本做異文與用字的考察

鄭憲仁

國立臺南大學國語文學系副教授

作者簡介

鄭憲仁，國立臺灣師範大學國語文學系博士，目前在國立臺南大學國語文學系任教，兼任系所主管。主要關注的領域為文字學、訓詁學、先秦禮學（三禮）、詩經、先秦銅器、器物學等。近幾年寫的論文以先秦禮學和金文為主。曾發表著作有《野人習禮——先秦名物與禮學論集》、《《儀禮·公食大夫禮》管見》、《西周銅器銘文所載賞賜物之研究——器物與身分的詮釋》（博士論文出版，由季旭昇教授、陳芳妹教授指導）、《周穆王時代銅器研究》（碩士論文出版，由季旭昇教授、張光遠教授指導），與學術論文多篇。

提　要

本文由異文、異體、通用的角度，對〈關雎〉詩的傳世《毛詩》版本與安徽大學公布的戰國早中期楚簡本，做分析比對。並採取分為五章的說法，對楚簡版本的〈關雎〉隸定並提出自己的意見，本人認為對於詩之原本要表達的意思楚簡本用字以同字、異體字、通用字三類數量相近，亦有使用假借字、同義字、同音字和省體的現象。本文也討論了楚簡版本中的「要翟」一詞，本文支持聯綿詞的看法。

一、前　言

　　《詩》是經學與文學文獻中極其重其的一部經典，也是中國文學史上最早的詩歌總集，深深影響漢語詞彙與典故的使用。對於《詩》做訓詁的《毛詩故訓傳》是訓詁學的重要著作，在大學中文相關科系的訓詁學教學上也常引用《詩經》做為範例。

　　以「訓詁」切入看「詩經學」，可以就「詩經學」所用的文本材料的來源與性質來進行學術史的分期。本文認為可分為四期。漢代「四家詩」中的異文和解經的差異，可以視為第一期。漢代經學的傳布在經今古文、師法家法、詩義闡發各方面都有該時代的特色，《齊詩》、《魯詩》、《韓詩》和《毛詩》用字或有不同，且各有傳承和發揮，大抵到了東漢末為第一期。

　　第二期以《毛詩》為集釋或考證為訓詁著作，學者主要依據傳世的《毛詩》注釋文句並詮釋詩義，留意到先秦典籍和漢人著作中的引《詩》用字，或以結合史料、或以析詞釋字、或進行異文考校，雖然在研究方法上較有變化，但大抵不出西漢流傳的《詩經》材料。〔註1〕

　　第三期由清末金石學者自銅器銘文中讀到《毛詩》相似的文句詞彙，開始將出土文獻和《毛詩》的訓詁做互參式的結合，但要到王國維〈與友人論《詩》《書》中成語書〉〔註2〕才算在詩經學的材料上，正式將出土材料和傳世《詩經》文本做考校、訓詁的匯通，之後《詩經》研究或訓詁注解常引用出土材料和古文字學的成果，這一期在材料上，新增了戰國到漢代的簡帛，對於《詩經》字詞文句的訓詁、取證和討論雖然已有不少的助益，但大多數材料是簡帛的引《詩》文句，如馬王堆帛書〈五行〉、「郭店簡」和「上博簡」的「緇衣」，〔註3〕雖則是新材料，卻有一麟半爪之憾。又如阜陽漢簡的《詩經》是《詩經》罕見的寫本，可惜古墓被盜，加上簡牘保存狀況不佳，對於研究的助益實在有限；再如上海博物館典藏戰國的〈孔子詩論〉，其內容為詩篇之評論，惜未可見《詩經》各篇文句之原貌。

〔註1〕這一期的材料有石經，石經內容仍不出西漢今古文《詩經》的內容，有的石經在後代被發現，對那個時代是新材料，但就材料源頭而言，與西漢傳世《詩經》並無不同。

〔註2〕王國維：《定本觀堂集林（上）》（臺北市：世界書局，1991年），頁75～84。

〔註3〕「郭店簡」稱「茲衣」（荊門市博物館編：《郭店楚墓竹簡》，北京市：文物出版社，1998年）、「上博簡」稱「紂衣」（馬承源主編：《上海博物館藏戰國楚竹書（一）》，上海市：上海古籍出版社，2001年）。

　　西元 2019 年 9 月 22 日，安徽大學漢字發展與應用研究中心以《安徽大學藏戰國竹簡（一）》〔註4〕公布戰國早中期的「詩經簡」，這是歷史上第一次戰國《詩經》簡的面世，這批簡的文字清晰，內容多達 57 首，揭示《詩經》研究全面地進入新材料、新視野的時期，可以稱為《詩經》訓詁的第四期。自 2019 年 3 月以來，討論「安徽大學詩經簡」（下文簡稱為「安大簡」）的研究已有龐大數量的期刊與網路論文，掀起楚簡的另一個研究的高峰。

　　本文由「安大簡」〈關雎〉為考察對象，以字形之比較及其對經文訓詁的影響為考察重心，提出讀後所得。

二、《周南・關雎》的楚簡本文句與格式

　　〈周南・關雎〉為《詩經》第一首，是《國風》之始，備受關注。〈關雎〉於上海博物館藏〈孔子詩論〉作〈闗疋〉，於安徽大學「詩經簡」作〈闗疋〉，詩篇名稱的用字不同，但古音可通。茲先將簡文以嚴式隸定於下：

　　（符號說明：簡文前的數字是該簡的編號。=為原簡之重文符號。▃為原簡斷句符號。▅為原簡詩篇結尾符號。隸定之新式標點符號為本文作者所加。）

　　01關=（關）疋鴅▃，才河之州▃，要翟邑女▃，君子好戴▃，晶篹芄菜▃，右吾流之▃，要翟邑女▃，啎〔一〕〔註5〕

　　02帰求=之=，（求之）弗旻，啎帰思怀，畁=（畁）才=（才），遱侻反晨▃，晶篹芄菜▃，右吾采之▃，要翟邑女▃，鑾〔二〕

　　03蒜有之▃，晶篹芄菜▃，右吾教之▃，要翟邑女▃，鐘欪樂之▅。簡本的〈關雎（闗疋）〉已加句讀，但於「啎帰求之」「弗旻」後未加「▃」符號，應是「求之」二字皆有重文符號的因素。這現象和同一支簡的「畁才」因重文符號，「才」字後亦未加句讀「▃」符號是相同的情形，「寤寐思服（啎帰思怀）」後亦未加句讀符號。整體而論，「安大簡」各篇均加句讀，但也往往省去句末的「▃」符號，例如〈周南・葛覃（鈾）〉在首二句有句讀，但第三句「維葉萋萋」後未加句讀符號，並涉及多個詩句，到了「服之無斁（備之

〔註4〕安徽大學漢字發展與應用研究中心編，黃德寬、徐在國主編：《安徽大學藏戰國竹簡（一）》，上海市：中西書局，2019 年。

〔註5〕「安大簡」各簡有編號，此為其編號，今加〔〕以與經之文句區別之。

無罣）」後才又加句讀符號。〔註6〕

　　「安大簡」對於〈關雎（𨵿疋）〉的分章未能提供訊息，簡文對於詩之用韻沒有任何變動，經過通讀後全詩押韻的字是相同的，故在分章上，傳世本〈關雎〉和「安大簡」〈𨵿疋〉應該也要一致。《安徽大學藏戰國竹簡（一）》為「詩經簡」的最早整理者，此書採取了三章的分法，其云：

> 〈關雎〉篇的分章，《毛傳》與《鄭箋》不同。《鄭箋》分五章，章四句；《毛傳》分三章，一章章四句，兩章章八句。簡本釋文按照《毛傳》，把〈關雎〉分為三章，一章章四句，兩章章八句。〔註7〕

然而簡文整理小組亦對〈關雎（𨵿疋）〉之押韻現象做了討論，以第一章「鴡、州、戴」為幽部。第二章「流、求」為幽部；「昃、伓、昃」為職部。第三章「采、有」為之部；「教、樂」為宵、覺部。〔註8〕

　　關於「右（左）𣃈（右）教之」的教字，上古音學者多歸在宵部，〔註9〕樂字之上古音為宵或藥部。〔註10〕宵藥為陰入對轉，音甚近。故由〈關雎（𨵿疋）〉之押韻現象來看，或可分為五章，第一章「鴡、州、戴」為幽部；第二章「流、求」為幽部；第三章「昃、伓、昃」為職部；第四章「采、有」為之部；第五章「教、樂」為宵、藥部（對轉）。若以韻為分章的依據，也可能得考慮一章之中有換韻的現象，加上以詩之內容「各言其情，故體無恆式」（語出《毛詩注疏》），〈關雎〉一詩之分章聚訟亦各有其理。

　　余培林先生在《詩經正詁》對於〈關雎〉的分章有更詳細的說法：

> 此詩毛公分三章，鄭氏分五章。今注疏本〈關雎〉後記云：「〈關雎〉五章，章四句。故言三章，一章章四句，二章章八句。」陸德

<hr>

〔註6〕簡本《詩經》加句讀符號「▃」或有或無，未若整首詩終章的分篇符號「■」精確。

〔註7〕《安徽大學藏戰國竹簡（一）》，頁69。

〔註8〕《安徽大學藏戰國竹簡（一）》，頁153。

〔註9〕參見「小學堂」教字上古音表格（https://xiaoxue.iis.sinica.edu.tw/shangguyin?kaiOrder=1975）檢索日期2021年9月21日。教在後代有二個讀音，但在上古音各家皆擬一個讀音，據表中王力、董同龢、周法高、李方桂之四家歸部皆同在宵部。

〔註10〕參見「小學堂」教字上古音表格（https://xiaoxue.iis.sinica.edu.tw/shangguyin?kaiOrder=2524）檢索日期2021年9月21日。樂有三個讀音，其中「五角切」後世音「ㄩㄝˋ」者，王力、周法高歸在藥部，而董同龢、李方桂歸在宵部；其中「盧各切」後世音「ㄌㄜˋ」者，周法高歸在藥部字，而董同龢、李方桂歸在宵部；其中「五教切」後世音「一ㄠˋ」者，周法高歸在宵部字，其他三家無。

明《釋文》曰：「五章是鄭所分，『故言』以下，是毛公本意，後放此。」朱熹以下注家，或從毛，或從鄭，莫有定準。就內容、文字、用韻等觀之，鄭氏分五章為是，今從之。（上海博物館藏《戰國楚竹書・孔子詩論》論〈關雎〉之詩曰：「其四章則俞矣。以琴瑟之敓……」，「琴瑟」一詞今在〈關雎〉之四章，足證五章是其原貌。）〔註11〕

其所舉證之〈孔子詩論〉原文為「〈闡（關）疋（雎）〉已（以）色俞（喻）於豊（禮）〔註12〕……兩矣￭，丌（其）四章則俞（喻）矣￭。已（以）鑾（琴）秫（瑟）之敓（悅），祭（擬）好色之忞（願）；已（以）鐘鼓之樂」〔註13〕從上下文例可知作者所識之〈關雎（闡疋）〉至少有四章，而琴瑟友之一句在第四章，因此分三章之說與〈孔子詩論〉簡之作者讀法不同。據此，本文認為〈關雎（闡疋）〉應以分五章較宜。至於曾有疑此詩乃合兩詩而成之說，因出土文獻中此詩文句與今本《毛詩》相同，可知其為無據之論。

三、《周南・關雎》的楚簡本用字的討論

安徽大學漢字發展與應用研究中心在公布「安大簡」同時也將其研究成果以《安徽大學藏戰國竹簡（一）》一書發行。書中對於〈關雎（闡疋）〉已有考釋與註解。其較特別處為簡文「要翟」讀作「腰嬥」、「俉帰」讀為「寤寢」，與傳世本《毛詩》用字有別。其他簡本用字與《毛詩》異文者則以通假說之。〔註14〕因此，《安徽大學藏戰國竹簡（一）》認為「安大簡」《詩經》〈闡疋〉和傳世本〈關雎〉用字差異只有「要翟」、「弗」和「寢」二字。

本文將傳世《毛詩》本與「安大簡」本用字以表格呈現，以利說明兩者之用字之關聯。表格中重覆的字只出一則。

〔註11〕余培林：《詩經正詁》（臺北：三民書局股份有限公司，修訂二版，2005年），頁6。
〔註12〕簡十，下殘泐。
〔註13〕簡十四，以下省略不引。
〔註14〕另外尚有「異體」，異體為一字之不同寫法，仍視為同一字，不包含此處所稱的異文。

表一：《毛詩・關雎》與「安大簡」〈關疋〉用字關係說明表

A 毛詩	B 安大簡	所用字與詩意關係說明A / B〔註15〕	二個版本用字關係說明	補充說明
關	䦅	假借字	異體字	1. 䦅字從䜌聲，䜌字上古音為來紐元部；關字從䜌聲，上古音為見紐元部。二字旁紐疊韻。〔註16〕 2. 上博簡〈孔子詩論〉作「開」，串聲上古音在見紐元部。 3. 䦅字未知其本義，推測與關是異體字關係。 4. 嘓為鳥鳴擬聲字，但此字不早於唐代。
雎	疋	本字 / 通假字	通假字	1. 雎字上古音在清紐魚部；疋字上古音為心 / 山紐魚部。二字為旁紐 / 準旁紐疊韻。 2. 上博簡〈孔子詩論〉亦作「疋」。 3. 疋字或有學者擬其古音有疑紐魚部，即《說文解字》疋字云：「古文以爲《詩》大疋字」，雅音、大雅之雅即夏字，夏字古文字簡省字形與疋形近，不排除有形誤可能（雖然同韻部）。
鳩	鵨	本字	異體字	上博簡〈孔子詩論〉簡22提到〈魏風・鳲鳩〉鳩亦寫作鵨。
在	才	本字 / 通假字	通假字	在從才聲。古多用才字為在，後有在字。此時在字與才字已分化，故用才字為在字視為通假字。〔註17〕
河	河	本字	同字	
之	之	本字	同字	
洲	州	本字	同字	1. 州為本字，後有洲字，因古籍多為後人改動，故先秦兩漢古籍之洲字，本皆作州。

〔註15〕凡本欄有「／」符號者，意為「毛詩用字與詩意的關係A／安大簡本用字與詩意的關係B」。

〔註16〕駱珍伊指出：〈卷耳〉之卷，簡本寫作「蠿」，〈碩鼠〉「三歲貫女」之「貫」，簡本寫作「䜌」。可見《毛詩》「卷」、「貫」等見母元部字，戰國時期《安大簡》皆以來母元部的「䜌」字為其聲符。故《毛詩》「關」字，《安大簡》寫作「䦅」，二者只是替換聲符的異體字。（參駱珍伊：《安徽大學藏戰國竹簡《詩經》研究》，臺北：國立臺灣大學中國文學系博士論文，2022年7月，頁11）。

〔註17〕陳劍認為「才」是木橛象形（參陳劍：《釋造》，《出土文獻與古文字研究》第1輯，復旦大學出版社，2006年，第68頁。收入《甲骨金文考釋論集》，線裝書局，2007年，第141頁。）。若然，則在字可能是才字的引申分化字。

				2. 今洲為州之分化字，但《詩經》時代無洲字，故判定為同字。 3. 《說文解字》州字引此文句作「州」。
窈	要	假借字	同音字 專節討論	連緜詞，故無本字，窈、要皆為表示該音讀之假借字。
窕	翟	假借字	同音字 專節討論	連緜詞，故無本字，窕、翟皆為表示該音讀之假借字。
淑	弔	同音同義字／假借字	通假字	1. 弔字常假借為表示伯仲叔季的叔字（叔作排行也是假借字）；美善之意，在古籍中習慣用淑字。春秋金文中有從弔從心之思字，為美善、賢淑之本字。在思字造字前，古文字材料用弔字，是本字未造時的假借。 2. 在古文字中，加口形或無區別，或有分化作用。若加口形無區別，喌字即為弔字，假借為良善之用字（即古籍所用淑字所表之意），〔註18〕因為春秋時期已有表示良善美好之意的本字思，故用喌字可視為通假。若加口形有分化作用，喌字是否為表示「良言」之專用字或有「美善」之意的字，尚未可確定。因此詩文此處用喌字或可視為通假字。 3. 《說文解字》水部淑字云：「清湛也。從水，叔聲。」此字出現較晚。淑作為良善美好之意，雖可由水之清澈引申而來，但《詩經》書寫的時代，應該用弔字，而後有喌與思字，漢人改用淑字。淑字雖可說是引申後可以表示美善的字，性質上近於本字，但淑和另一個美善的本字思是同義字的關係，即淑之引申義和思之本義同。 4. 就「良善美好」之意思字而言，喌是通假字，而淑可視為同音同義字（但不是異體字的關係）。
女	女	本字	同字	
君	君	本字	同字	
子	子	本字	同字	

〔註18〕《清華簡·祭公》簡18：「女（汝）母（毋）劈，懸▂（唐唐）昬（厚）□（顏）忍恥，寺（時）隹（惟）大不弔（淑）摯（哉）。」《清華·厚父》簡11：「曰民心隹（惟）本，卑（厥）復（作）隹（惟）葉（葉），引（矧）其能丁良于昚（友）人，迺（宣）弔（思／淑）卑（厥）心」。

好	好	本字	同字	
逑	戮／戴〔註19〕	通假字／異體字	通假字	1. 《齊詩》、《魯詩》作仇。 2. 上博簡〈緇（紂）衣〉引詩作戮／戴。《禮記·緇衣》、《漢書·匡衡傳》皆引作「仇」。《古列女傳》引作「逑」。 3. 匹配之義，仇為本字；逑字《說文解字》云：「逑，斂聚也。从辵求聲。《虞書》曰：『旁逑孱功。』又曰：『怨匹曰逑。』」以逑字有二義，第一義為斂聚，有合之義，於〈關雎〉之句子釋義可通，第二義為匹配，即為仇之異體字。而戴字，从戈棗聲，棗字上古音為見紐幽部，與仇字上古音為群紐幽部，二字旁紐疊韻，戴字从戈，可能有怨仇之義，此字或可視為仇之異體字。〔註20〕簡文字或隸定為戴，若然則未必為棗聲之字。 4. 金文有雔、讎字，亦有匹偶之意，《說文解字》用以解釋仇字，但《說文解字》以應字釋讎，蓋為語言之應對。《爾雅》以匹、讎同義。 5. 就詩意，匹配義較佳，故本文認為仇與戮／戴字可視為原詩句「匹配」義之本字，逑（斂聚、聚合）字為通假字。
參	晶	假借字	字形省略	1. 安大簡此處晶字是參字省略。〔註21〕 2. 《說文解字》摻字引作「攕」，可能源自三家詩用字。
差	篷	假借字	同音字	1. 篷字第一章該字下从土形，第二章及第三章該字無土形。 2. 篷字之本義未能確定。 3. 參差為聯緜詞，字形本來自假借，故用差字與篷字，都是假借。就此二字而言，差

〔註19〕陳劍：〈據郭店簡釋讀西周金文一例〉，《甲骨金文考釋論集》（北京：線裝書局，2007年），頁20～38。

〔註20〕《安徽大學藏戰國竹簡（一）》，頁70，注四云：「此字還見於《郭店·緇衣》簡19、《清華壹·耆夜》簡6、《包山》簡138、《上博九·陳》簡4等，从「戈」，「棗」省聲，「仇」字異體（參黃德寬、徐在國《郭店楚簡文字考釋》，《吉林大學古籍整理研究所建所十五周年紀念文集》第102至103頁，吉林大學出版社1998年）。《毛詩》「戴」作「逑」，《齊詩》《魯詩》作「仇」（見王先謙《詩三家義集疏》第10頁，中華書局1987年）。《釋文》：「逑，音求。毛云：匹也。本亦作仇，音同。鄭云：怨耦曰仇。」據簡本作「戴（仇）」，可證「仇」為本字，《毛詩》作「逑」乃借字」。

〔註21〕《安徽大學藏戰國竹簡（一）》，頁70，注五。

				字音與篹字音相近，[註22]但兩字之關係為同音，未必同義。
荇	芜	本字	異體字	未知荇菜在楚地是否稱芜菜，二字應為異體關係。
菜	菜	本字	同字	
左	右	本字	異體字	簡文隸字為右即左字之異體字。左字初文作ナ，後作左，金文亦有作右者，為左之異體。
右	合	本字	異體字	簡文隸字為合即右字，右字最早作又，後分化出合字，隸書後來改寫成右。
流	流	假借字	同字	流釋為「求取，擇」義，應是假借字，求字作為「求取，擇」亦是假借字。
寤	悟	本字／通假字	通假字	1. 悟可能是「伍」的異體字（繁化），從五聲，寤從吾（五）聲。[註23] 2. 馬王堆帛書〈五行〉引作「唔」。
寐	帰	同音同義字[註24]	同音同義字	1. 帰為寢（寝）之省體，即寢之異體字。 2. 寢之本義依《說文解字》云：「寢，臥也。」由古文字字形推其本義為寢室。引申義為睡著、睡覺。 3. 馬王堆帛書〈五行〉引作「眛」。 4. 寐之本義依《說文解字》云：「寐，臥也。」由古文字字形推其本義為睡著、睡覺。 5. 寢或寐於此均可通。
求	求	本字	同字	
不	弗	本字	同義字	1. 對於否定之義，不與弗皆為假借字。於甲骨文中即如此用，故不與弗兩字有相同的假借義。 2. 馬王堆帛書〈五行〉亦引作「弗」。
得	旻	本字	異體字	

〔註22〕《安徽大學藏戰國竹簡（一）》，注五云：「『篹』從『竹』，『屡』聲。『屡』，從『土』，『屡』（即『屎』，或說從『尾』『沙』省聲）聲。『篹』讀為『差』，與《郭店‧五行》簡17『參差其羽』之『差』作 𥳑 可相類比。『屡』亦見於《上博三‧周》簡2，傳本《周易》作『沙』。簡本第二、三章『參差』之『差』作 𥳑，可隸定作『篹』，從『竹』，『屡』聲」。

〔註23〕《安徽大學藏戰國竹簡（一）》，頁70～71，注七云：「『悟』，從『人』，『吾』聲，亦見於《上博四‧曹》簡24，可能是『伍』之異體。《集韻‧莫韻》：『遌、迕，遇也，亦作悟。』與簡文『悟』未必是一字。『悟』『寤』諧聲可通」。

〔註24〕季旭昇先生認為「帰」字從「爿」「帚」聲，「帚」讀如「歸」，而「歸」「寐」上古音都屬微部，見紐與明紐關係密切，楚簡「帰」字應有『寢』和『寐』兩讀。（參季旭昇：〈談安大簡《詩經》「寤寐求之」、「寤寐思服」、「為絺為綌」〉，收錄於中國文字編輯委員會：《中國文字》，總第二期，臺北：萬卷樓，2019年10月，頁1～10。）

思	思	本字	同字	
服	怀	本字／通假字	通假字	1. 怀字從人，不聲，不形下加口形，後寫作音。故怀即倍字之異體。 2. 服字上古音為並紐職部；怀字上古音為並紐之部；兩字為同紐對轉。 3.「寢寐思服」之服，據《毛傳》釋「服，思之也」〔註25〕是其以本字說之。（服由字形及本義均未能推衍或引申為思念之義，宜再商議。） 4. 馬王堆帛書〈五行〉引作「伏」。
悠	舀	本字／通假字	通假字	1. 悠字據《說文解字》：「悠，憂也。從心，攸聲。」又《爾雅‧釋詁下》：「悠，思也。」悠字本義為憂思、思念，引申有長義。 2. 悠字上古音在喻／定紐幽部；舀字上古音在喻／定紐幽部。兩字同紐疊韻。 3. 馬王堆帛書〈五行〉引作「繇」。
哉	才	本字／通假字	通假字	1. 哉從𢦏得聲，𢦏（𢦏）從才得聲。哉在春秋時期金文中已見，本義為語氣詞。 2. 馬王堆帛書〈五行〉亦引作「才」。
輾	邅	假借字	假借字	1.《釋文》載輾字本亦作展。輾從展聲，上古音為端紐元部；邅從亶聲，上古音「亶」在定／神紐元部。是兩字疊韻，聲紐為旁紐／準旁紐，兩字音近可通。 2. 輾轉或做展轉，學界對此詞之釋訓主要有二說，一以為展轉是聯緜詞，若然，則輾與邅，皆是假借字。另一說以輾為轉之半，是以輾為輾轉之本字，若然，則邅為通假字。今取第一說。 3. 馬王堆帛書〈五行〉引作「婘」。王逸《楚辭章句》注〈九歎〉引作「展」。
轉	偅	假借字	假借字	1. 偅為傳之異體字，傳與轉均從專聲，故知為同音。輾轉一詞有二說，上文已云。 2. 馬王堆帛書〈五行〉引作「榑」。
反	反	本字	同字	

〔註25〕余培林《詩經正詁》云：「思服，《傳》：『服，思之也。』『思』字無《傳》，是《傳》以思服連文，為思念之義，不煩訓解。胡承琪《毛詩後箋》：『或疑思服相連，服亦為思，於文重複。案〈康誥〉曰：「要囚服念五六日。」服念連文，不嫌複也。』」（余培林：《詩經正詁》，頁5）。

側	昃	本字	通假字	1. 側字上古音在莊紐職部，昃字上古音在莊紐職部，兩字同紐疊韻。 2. 側之義，在楚簡皆用昃字。〔註26〕側與昃兩字義亦可說。 3. 《詩》於此用側、昃皆暢達無礙，不論原文所用為何字，另一字皆為其通假字。 4. 馬王堆帛書〈五行〉引作「厠」。
采	采	本字	同字	
琴	鑋	本字	異體	琴字於戰國文字作鑋或鑋、釜，篆書或省或訛作琴。
瑟	㻬	本字	異體	瑟字於戰國文字有多種字形，篆書訛作瑟。
友	有	本字／通假字	通假字	作友於義較佳。
芼	教	通假字	同音字	1. 芼從毛聲，芼、毛二字上古音在明紐宵部；教從爻聲，爻字上古音在匣紐宵部、教字上古音在見紐宵部。二字韻旁紐疊韻，可通假。 2. 芼，《說文解字》：「艸覆蔓。從艸，毛聲。《詩》曰：左右芼之。」《毛詩故訓傳》釋此處云：「芼，擇也。」芼字於詩句中似不宜釋為引申義，當是通假字。 3. 《玉篇》引作覒。覒字見於上博簡〈緇（紂）衣〉。覒字，《說文解字》云：「覒，擇也。從見，毛聲。讀若苗。」毛形或有可能是手形之誤（手形音化為毛形）。 4. 覒為本字，芼與教為通假字。目前覒字只見於上博簡〈紂衣〉一例與《說文解字》小篆字形。
鍾	鐘	本字	異體字	鍾字與鐘字在金文中使用無別，《說文解字》以鐘為本字，可能在漢代將鍾和鐘分用。
鼓	敱	本字	異體字	
樂	樂	本字	同字	

關於傳世《毛詩》的〈關雎〉用字與「安大簡」〈關疋〉用字的差異已論述於上表，唯「窈窕」、「要翟」因討論篇幅較多，故移置於下一節。

〔註26〕例如上博簡〈志書乃言〉簡1：「岌（志）箸（書）乃言：是楚邦之弜（強）利人██，反昃（側）亓（其）口舌，㠯（以）蒦（對）魯（譌）王夫＝（大夫）之言██」

四、簡文「要翟」即「窈窕」補說

〈關雎〉「窈窕淑女」之「窈窕」一詞，經歷代《詩經》學者注解與分析，大抵以二字分訓或二字合併解釋。前者主要依據《方言》卷二：「秦晉之間，美貌謂之娥，美狀為窕，美色為艷，美心為窈。」分訓窈為美心、窕為美狀，兼合內外之美，陸德明《經典釋文》引王肅云：「善心為窈，善容為窕。」同此意。二字合併解釋則由《毛詩故訓傳》訓為「幽閒」為開端，後人或訓為「貞專貌」、「好貌」。訓為幽閒者，大多因兩字皆從穴，故云居處幽深。其中訓為「好貌」者最多。

清中期文字，音韻、訓詁皆超乎前代，聯緜詞漸受重視，迄於近代「窈窕」一詞多為語文學者或相關工具書以聯緜詞（古之連語，後人或稱衍聲複詞）釋之，歸之疊韻聯緜詞，以故不做分訓，合二字為一義，釋義如：「美好的樣子」、「幽靜美好的樣子」、「深遠的樣子」、「妖冶的樣子」等，亦符合聯緜詞多義之特色。

自從《安徽大學藏戰國竹簡（一）》整理者對於簡文「要翟」讀為「腰嬥」，為能了解安大簡整理者之論證，故於此將該書注解引錄如下云：

> 要翟舀女：《毛詩》作「窈窕淑女」。「要」字簡文寫法見於《上博四·昭》簡7、《清華貳·繫年》簡77、《上博九·舉》簡14，象人兩手叉腰，係「腰」字初文。「要翟」，讀為「腰嬥」。《廣雅·釋詁》：「嬥，好也。」又《釋訓》：「嬥嬥，好也。」王念孫《疏證》於上一條訓釋說：「『嬥』與窈窕之『窕』，聲相近也。」於後一條訓釋說：「卷一云『嬥，好也』，重言之則曰『嬥嬥』。《毛詩·小雅·大東》篇『糾糾葛屨，可以履霜。佻佻公子，行彼周行……』……《釋文》：『佻佻，《韓詩》作「嬥嬥」……』……嬥嬥亦是公子之貌。……《廣雅》訓『嬥嬥』為『好』，當是齊、魯《詩》說。」毛傳：「窈窕，幽閒也。」《楚辭·九歌·山鬼》「子慕予兮善窈窕」，王逸注：「窈窕，好貌。」王學《魯詩》，王注當本《魯詩》。《說文·女部》：「嬥，直好皃。」桂馥《說文解字義證》：「直好皃者，《廣雅》：『嬥嬥，好也。』《廣韻》引《聲類》：『嬥，細腰貌。』」（桂馥《說文解字義證》，中華書局1987年）吳棠雲《吳氏遺著》：「『窈

> 窕』，當與『嬈嬥』通。」簡文「腰嬥」，即細而長的腰身。「要翟」與「窈窕」古音相近，可以通假，典籍中亦有例證。如《禮記・喪大記》：「既詳黝堊」，鄭注：「黝堊，或為『要期』。」〔註27〕

此段注解甚長，開頭談「要翟」讀為「腰嬥」，接著訓「嬥」為「好也」，並以「佻佻」和「嬥嬥」為異文，皆訓為「好」，所以窕和翟、嬥相通之理更為明確。後半文以《廣韻》引《聲類》之「嬥，細腰貌。」和吳菱雲：「『窈窕』，當與『嬈嬥』通。」的看法，將腰嬥之書證與訓讀清楚交代，最後證成「簡文腰嬥即細而長的腰身」。簡文之「要翟」與《毛傳》的「窈窕」古音相近，可以通假。

整理者對要翟注解的意思在說明詩中吟詠淑女細而長的腰身，且這個詞也有美好的意思。徐在國〈「窈窕淑女」新解〉在論述上與《安徽大學藏戰國竹簡（一）》同，但更為詳細。其中引用的丁惟汾與李家浩二位先生的意見且未見於整理本的註 3 中，作者對於「要翟」也有更多文字論證，皆引之如下，並加編號數字以省眉目：

> （1）丁惟汾：「窈窕為籊籊之音轉，《衛風・竹竿傳》：『籊籊，長而殺也。』窈窕本義為體長而高，又舉止幽閑，故《毛詩》訓為幽閑。」（參見劉毓慶，2017：14）〔註28〕
>
> （2）李家浩先生認為簡文「翟」，當讀為「嬥」。《說文・女部》：「嬥，直好貌。一曰嬈也。从女翟聲。」段玉裁（1981：620）：「直好，直而好也。嬥之言擢也。《詩》：『佻佻公子。』《魏都賦》注云：『佻或作嬥』《廣韻》曰：『嬥嬥，往來貌《韓詩》云：嬥歌，巴人歌也。』按：『《韓詩》云』三字當在嬥嬥』之上，其下六字乃張載注左語也。此皆別義。」桂馥（1987：1083）：「直好貌者，《廣雅》『嬥嬥，好也。』《廣韻》引《聲類》嬥，細腰貌。』」〔註29〕
>
> （3）綜上所述，安大簡「要翟𦘔女」，讀為「腰嬥淑女」，就是身材匀稱美好的女子。〔註30〕
>
> （4）上古音「要」屬影紐宵部，「窈」屬影紐幽部。二字聲紐相同，

〔註27〕《安徽大學藏戰國竹簡（一）》，頁 70。

〔註28〕徐在國：〈「窈窕淑女」新解〉，《漢字漢語研究》2019 年第 1 期（總第 5 期），頁 8。

〔註29〕徐在國：〈「窈窕淑女」新解〉，頁 9。

〔註30〕徐在國：〈「窈窕淑女」新解〉，頁 9。

韻部相近，故可通假。……「翟」，《毛詩》作「窕」。上古音「翟」
屬定紐藥部，「窕」屬定紐宵部。二字聲紐相同，韻部對轉。典籍
中「翟」與「挑」，「濯」與「桃」「洮」「珧」相通，亦可為證（可
參高亨纂著，1989：805～806）。我們認為當从安大簡作「要翟」。
漢代學者就是因為「要翟」與「窈窕」的讀音相近，將「要翟」轉
寫成「窈窕」，進而訓釋「窈窕」為「幽閑」「深宮」，均不得要領。
後世進而將「窈窕」當作聯緜詞，不能拆開訓釋。〔註31〕

（5）附帶談一下「窈糾」。《詩·陳風·月出》：「月出皎兮，佼人僚
兮。舒窈糾兮，勞心悄兮。」毛傳：「舒，遲也。窈糾，舒之姿也。」
孔穎達正義：「舒者，遲緩之，言婦人行步，貴在舒緩。言舒時窈糾
兮，故知窈糾是舒遲之姿容。」馬瑞辰（1989：417）：「窈糾，猶窈
窕，皆疊韻，與下懮受、夭紹同為形容美好之詞，非舒遲之義。」
馬瑞辰認為「窈糾，猶窈窕」，是對的，頗疑也應是「腰嬥」，指體
態美好的女子。〔註32〕

徐文對从兆（窕）、从翟（嬥、籊）相通已做了很清楚討論，對於丁惟汾「窈窕
為籊籊之音轉」的看法，他同意「籊」可以和「窕」音轉，但不談「窈」和「籊」
的音轉。徐文主張「窈」是與「要」字音轉，並且提出「要翟（腰嬥）」由「細
而長的腰身」，進而解釋為「身材勻稱美好」。同時認為漢人因讀音相近而把「要
翟」轉寫為「窈窕」，並且「窈糾」也可能是「腰嬥」的意思，反對窈窕為聯緜
詞的說法。

　　本文同意「窈窕」就是「窈糾」（「懮受」、「夭紹」），〔註33〕而且聯緜詞用
字只是表音，所以窈窕从穴與其字義無關，吳夌雲所舉之「嬈嬥」亦是「窈窕」
的另一種寫法，字加女旁乃因其義為美好之故。馬王堆帛書〈五行〉引作「茭
芍」，〔註34〕可知漢人傳寫時以音近之字，窈窕應非該詞最早用字。「窈窕」、

〔註31〕徐在國：〈「窈窕淑女」新解〉，頁9～10。
〔註32〕徐在國：〈「窈窕淑女」新解〉，頁10。
〔註33〕窈在影紐幽部，窕在定紐宵／藥部；糾在見紐幽部；懮在影紐幽部，受在定／禪紐
　　　　幽部；夭在影紐宵部，紹在定／禪紐宵部，是窈、懮、夭同紐疊韻，窕、紹為同紐
　　　　疊韻，而糾與受疊韻。
〔註34〕嬈在泥紐宵部，嬥在定紐宵部；茭在見紐宵部，芍在端／定紐宵／藥部。是茭、芍、
　　　　窕均在宵部（入聲則藥部），而窈字與茭字在漢初讀音相近，宵幽兩部為旁轉，窈
　　　　字音讀於漢初應近交聲。

「窈糾」、「懮受」、「夭紹」、「嬈嬥」、「葽芍」、「要翟」是同一詞的不同寫法，亦皆是疊韻之詞，七者中，有五者不可兩字分訓。「嬈嬥」一詞看似可以分訓，然而此字時代甚晚，先秦兩漢文獻中未有其字例。以「要翟」可義訓，宜應再斟酌。在文例上，不論是「要翟」或「腰嬥」皆無法找到文獻上使用的直接實證，徐文所引用嬥或籊字其釋為美好者，均未有在嬥前接名詞的構詞文例，文獻中最常見為疊字，嬥以單字置於詞彙之前的構詞方式也很少見，僅如嬥歌之類。既然「要翟」與「窈窕」、「窈糾」等詞音近可通，又是疊韻之詞，將之視為聯緜詞更為恰當，而「要翟」不必拘於字形，乃取其音，無妨於美好之釋義。強以義訓分析「要翟」有如前人之分訓「窈窕」、「猶豫」之類。聯緜詞用字多樣，難以論其本字，但有優勢、主流或常用寫法，窈窕是也。

五、結　語

新出土材料往往開啟新的研究方向，引動新的研究風潮，《詩經》在傳統典籍中已是備受重視的經典，自二十世紀以來，迭有簡帛出土，都為學術研究帶來新的刺激與發展，安徽大學所藏的「詩經簡」公布，是秦火之餘漢儒傳四家《詩》後，最重要的一次《詩經》文獻面世，這無疑是今日文字、聲韻、訓詁研究者的幸運，更是經學界與國學界研究者的重要機會。

本文以〈關雎（闗疋）〉為核心，吸收學者的看法，就〈關雎（闗疋）〉用字之異文、異體、通假等現象，逐字討論，將簡文以嚴式隸定附加括號填入寬式隸定呈現全詩於此（數字表示分章，聯緜詞不拆開，／表示兩可，↔表示即為主流寫法某辭〔註35〕）。

01闗=（關關）疋（雎）鴼（鳩）▬，才（在）河之州▬，要翟（↔窈窕）𠳿（淑）女▬，君子好戟／㦸（仇）▬。

02晶䉜（參䉜↔參差）芫（荇）菜▬，右（左）各（右）流之▬，要翟（↔窈窕）𠳿（淑）女▬，俉（寤）𢅤（寢）求=之=。

03（求之）弗旻（得），俉（寤）𢅤（寢）思伓（服），舀=才=（悠哉悠哉），邅偅（廛傳↔展轉）反昃（昃／側）▬。

〔註35〕因為聯緜詞書寫上有多種字法，字各有別，難以論其本字，但有主流寫法，像窈窕、展轉是主流寫法，而非正確寫法，故以「↔」表示。

04 晶篅（參篅↔參差）芫（荇）菜＿，右（左）呂（右）采之＿，要翟（↔窈窕）咠（淑）女＿，鎜（琴）嗸（瑟）有（友）之＿。

05 晶篅（參篅↔參差）芫（荇）菜＿，右呂敎（覘）之＿，要翟（↔窈窕）咠（淑）女＿，鐘斁（鼓）樂之▪。

至於「要翟」一詞，本文認為與「窈窕」相同的連緜詞，訓為「美好貌」。

補充說明

本文曾於「第 15 屆中國訓詁學學術研討會」（2021 年 10 月 30 日，由國立雲林科技大學漢學應用研究所與中國訓詁學會共同主辦）視訊會議宣讀，並於 2022 年 11 月 15 日完成修改。

安大簡《詩經》字詞柬釋[註1]

蘇建洲

國立彰化師範大學國文學系教授

作者簡介

蘇建洲。國立臺灣師範大學國文研究所博士，目前為國立彰化師範大學國文系教授。學術專長是古文字學、訓詁學，撰有《新訓詁學》、《上博楚竹書文字及相關問題研究》、《楚文字論集》、《清華二〈繫年〉集解》等書，並在兩岸三地的學術會議及期刊發表多篇論文。另外還在電視節目「國民漢字須知」、「一字千金」擔任文字解說專家，並入圍「第52屆電視節目金鐘獎」。

提　要

蘇建洲：〈安大簡《詩經》字詞柬釋〉提出四則考釋，第一則為「奆輶象穀，駕其駔駁〈駿〉。」（簡45）「奆」字從今本讀為「文」，從字源來看當是「覲」的省體。第二則為「皮（彼）倉（蒼）者天，瀳我良人。」（簡52-54）認為「瀳」讀為「殘」聲音更直接。第三則為簡本《侯風·陟岵》73「允來毌遟」讀為「允來毌待」，「待」與今本「止」是義近關係。第四則討論簡98的字，認為此字當從郭理遠引郭永秉先生之說，釋為三體石經中「介葛盧」之「介」的古文「叡」。

〔註1〕本文為「『趨同』還是『立異』？安大簡《詩經》與《毛詩》對讀研究」的研究成果之一，獲得科技部的資助（計畫編號 MOST 109-2410-H-018-027-），特此致謝。

一

《毛詩・秦風・小戎》:「文茵暢轂，駕我騏馵」，安大簡 45 作「音韔象轂，駕其騏駁〈駁〉。〔註 2〕」其中「音」寫作，筆者曾認為與《子羔》簡 10、港簡 03釋為「晝／劃」的字形有關。〔註 3〕後來看到魏宜輝先生也根據《子羔》的晝字，認為簡文「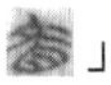」字極有可能是「」形「晝」字的省體。「晝」「文」皆有裝飾義，安大簡《小戎》篇中的「晝茵」即車中飾有圖案的坐褥，與「文茵」的意思相近。今本《詩經》「文茵象轂」的「文」可能是義近互換的結果。〔註 4〕

2019 年 11 月出版的《清華九》有《成人》一篇，簡 10 云「非天復（作）瘖，隹（惟）民昌（猖）兇。」其中「瘖」作，整理者注釋云：

> 瘖，從疒，從目，文聲，讀為「吝」，悔吝也。一說「瘖」為來母文部，可讀為定母文部之「殄」，清華簡《皇門》「悉（媢）夫先受吝罰」，傳本作「媢〈媢〉夫先受殄罰」，孔注：「殄，絕其世也。」又《書・酒誥》:「天非虐，惟民自速辜。」《呂刑》:「非天不中，惟人在命。」皆可參看。〔註 5〕

單育辰先生認為整理者讀為「吝」或「殄」的字，從典籍用字習慣看，讀為「閔」更好。「閔」有憂患、兇喪的意思，《詩・邶風・柏舟》:「覯閔既多，受侮不少」、《左傳・宣公十二年》:「寡君少遭閔凶，不能文」。〔註 6〕王寧先生指出當分析為從疒敃聲，是《詩・大雅・桑柔》「多我覯痻」之「痻」的或

〔註 2〕「駁」是「駁」的錯字，參見網友「cbnd（魏宜輝）」，簡帛網簡帛論壇「安大簡《詩經》初讀」10#，2019 年 9 月 24 日，http://www.bsm.org.cn/forum/forum.php?mod=viewthread&tid=12687&extra=&page=1。

〔註 3〕海天遊蹤（蘇建洲），簡帛網簡帛論壇「安大簡《詩經》初讀」20#，2019 年 9 月 25 日，http://www.bsm.org.cn/forum/forum.php?mod=viewthread&tid=12687&extra=&page=2。

〔註 4〕網友「cbnd（魏宜輝）」，簡帛網簡帛論壇「安大簡《詩經》初讀」165#，2019 年 10 月 16 日，http://www.bsm.org.cn/forum/forum.php?mod=viewthread&tid=12687&extra=&page=17。

〔註 5〕黃德寬主編：《清華大學藏戰國竹簡（玖）》（上海：中西書局，2019 年），頁 160 注[三三]。

〔註 6〕單育辰：〈清華九《成人》釋文商榷〉，《中國文字》2020 夏季號總第三期（台北：萬卷樓出版社，2020 年 6 月），頁 280。

體，字或作「瘥」、「痕」。《桑柔》鄭箋、《玉篇·疒部》並云：「瘥，病也。」〔註7〕謹按：「瘥」讀為「吝」、「閔」皆可成立，王寧認為「瘥」是「瘥／瘥」的異體也合理可從。〔註8〕據此，安大簡的「」字當從今本讀為「文」，從字源來看當是「昬」的省體。楚文字隸定作「昬」的「古文『閔』字」，有如下寫法：

　《古文四聲韻》上聲「軫」韻「閔」字下引石經

　《汗簡·彡部》「閔」字下引石經

　《尊德義》17　　　　《語叢三》10

　《語叢二》5　　　　《語叢三》44

陳劍先生指出「古文閔」字的「昬」字所從的「民」和「旻」都是聲旁，正如「閔」字所從的「門」、「文」都是聲旁一樣。〔註9〕楚文字的「昬」還可寫作（《筮法》43）、（《新蔡》零234）〔註10〕、（《清華三·良臣》05）、（《清華六·子產》21）。《筮法》的形體承黿方尊「」字寫法而來，後三形則是「昬」省「又」旁。安大簡45「」字的結構相當於，即將「民」聲換為「文」聲。換言之，也可寫作，即「瘥」，也是「瘥／瘥」的異體。

過去白於藍先生也曾將《子羔》簡10、港簡03分析為從「文」得聲。沈培先生在白文下評論說：「《子羔》篇之字似不如讀為『打破砂鍋璺到底』的『璺』，裂也。而『畫／劃』也理解為『裂也』，二者意思相近。」〔註11〕根

〔註7〕王寧：〈讀清華簡《成人》散札〉，復旦大學出土與古文字研究中心網，2019年12月4日，http://www.gwz.fudan.edu.cn/Web/Show/4497。

〔註8〕關於民、昬、文的通假關係，亦可參見高中正：〈《尚書·立政》「其在受德啓」補說〉，《漢語史與漢藏語研究》第7輯（北京：中國社會科學出版社，2020年7月），頁219～220。

〔註9〕陳劍：〈甲骨金文舊釋「尤」之字及相關諸字新釋〉，《甲骨金文考釋論集》（北京：線裝書局，2007年），頁59～80。

〔註10〕參見宋華強：《新蔡葛陵簡初探》（武昌：武漢大學出版社，2010年3月），頁142～143。

〔註11〕白於藍：〈釋「畫」〉，復旦大學出土與古文字研究中心網，2010年4月5日，http://www.gwz.fudan.edu.cn/SrcShow.asp?Src_ID=1123。亦見《古文字研究》28輯，頁514。

據安大簡《詩經》「」與清華簡《成人》「」，我曾考慮過白於藍先生的意見，即《子羔》簡10、港簡03不當釋為「畫」，而是應該理解為在「音」的基礎上加「又」為飾符，比如《五紀》56「官」寫作，只是「又」旁移動到字形之上。這樣的考慮孩還有一個理由是此二字並不從「尹」或「聿」，與殷墟甲骨文「畫」作、、，〔註12〕西周金文作「」、「」不同。〔註13〕裘錫圭先生曾舉（上官豆）、（《璽彙》1519）來證明、是「畫」。〔註14〕白於藍先生認為（9723，十三年瘭壺）與、是一字，〔註15〕字一般釋為「畫」。這些確定的「畫」字一律從「尹／聿」，與簡文字形從「又」不同。但現在看來這個分析是有問題的。

《子羔》這段是記載禹、契出生的故事，簡文云：「懷三年而於背而生＝，[生]而能言，是禹也。」「懷三年而於膺……是契也。」裘錫圭先生注釋說：

> 《詩·大雅·生民》說姜嫄生后稷「不坼不副」，係針對禹、契等人降生時情況而言。《淮南子·脩務》「禹生於石，契生於卵」，高誘注謂禹「坼胸而生」，契「疈（副）背而出」。《史記·楚世家》「陸終生子六人，坼剖而產焉」，《集解》引干寶曰：「若夫前志所傳，修己背坼而生禹，簡狄胸剖而生契。」《說文》訓「副」爲「判」。簡文「畫」（劃）字之義，當與「坼」、「副」、「剖」等字相近。「畫」有「分」義。《左傳》襄公四年「茫茫禹迹，畫爲九州」，杜預注：「畫，分也。」「劃」乃「畫」之分化字，《說文》刀部有「劃」外，「畫」字古文亦有作「劃」者。《集韻》入聲麥韻「胡麥切」「畫」小韻：「劃、劐，裂也。或从蒦。」《上博（二）》（194頁）引以說簡文「畫」字，可從。〔註16〕

〔註12〕劉釗、洪颺、張新俊編纂：《新甲骨文編（增訂本）》（福州：福建人民出版社，2014年），頁181。

〔註13〕董蓮池：《新金文編》（北京：作家出版社，2011年），頁360。

〔註14〕裘錫圭：〈《上海博物館藏戰國楚竹書（二）·子羔》釋文注釋〉，載《裘錫圭學術文集·簡牘帛書卷》（上海：復旦大學出版社，2012年），頁470。

〔註15〕白於藍：〈釋「畫」〉。

〔註16〕裘錫圭：〈《上海博物館藏戰國楚竹書（二）·子羔》釋文注釋〉，載《裘錫圭學術文集·簡牘帛書卷》，第470頁。

根據裘先生所說，簡文「」字與「坼」、「副」、「剖」等字意思相近，訓為分也、裂也。從聲音來說，「」自然會優先考慮讀為上述沈培先生提到的「璺」，而且《廣雅·釋詁二》：「璺」與「罅、斯、坼、劀」同訓為「裂也。」但是「璺」是指器物裂痕，《方言》第六：「器破而未離謂之璺。」《說文》「釁」字下段注：「凡坼罅謂之釁。方言作璺。音問。以血血其坼罅亦曰釁。樂記作衅。」「璺」在文獻中似無動詞的用法，因此放在簡文中並不合適。白於藍先生將字釋讀為「文」，並認為在簡文中讀為「發」。他還根據《古文四聲韻》卷一引《貝丘長碑》和《古史記》「蚊」字作「」「」，從虯母聲。上古音母、剖均是唇音之部字，進一步認為「書」有讀「剖」的可能。〔註17〕謹按：「文」與「發」聲紐不近，不能通讀，文獻也未見通假例證。至於「蚊」的古文上面實從「民」，跟「母」無關，自然也不能讀為「剖」。〔註18〕總之，將字釋為「璺」無法找到合適的詞來通讀簡文。另外，楚簡還有如下的字形：

（《新蔡》甲三89）、（《信陽》2·001）、（《信陽》2·003）

（《信陽》2·018）、（《信陽》2·026）、（《信陽》2·002）

此字或釋為「緣」、「彖」、「帚」。〔註19〕何琳儀先生將之與曾侯乙墓竹簡之「彗」作「」視為一字，並釋為「劃」。〔註20〕這種「彗（劃）」字也見於《清華十·四告》40、《清華十一·五紀》76。宋華強先生也注意到曾侯乙墓竹簡的「畫」字上面「又」形中間皆有一豎，而「」沒有一例是帶豎筆的，所以他認為不能釋為「畫」而當釋為「彖」。〔註21〕宋先生指出「」上

〔註17〕白於藍：〈釋「妻」〉。

〔註18〕參見李春桃：《傳抄古文綜合研究》（上海：上海古籍出版社，2021年），頁271～272。

〔註19〕諸家說法參見白於藍：〈釋「妻」〉。

〔註20〕何琳儀：〈信陽楚簡選釋〉，《文物研究》第八期（合肥：黃山書社，1993年），頁168～176頁、何琳儀：《戰國古文字典——戰國文字聲系》，中華書局，1998年，第737～738頁。此外，湯餘惠主編：《戰國文字編》，福建人民出版社，2001年，第276頁、陳偉等著：《楚地出土戰國簡冊〔十四種〕》，經濟科學出版社，2009年，第382頁、陳劍：《金文「彖」字考釋》，《甲骨金文考釋論集》，第263頁都將信陽簡或曾侯乙墓簡等字形釋為「劃」。

〔註21〕宋華強：《新蔡葛陵簡初探》，武漢大學出版社，2010年，第106頁。

面「又」形中間沒有一豎，這是很敏銳的觀察，但是釋為「豙」並不可從，陳劍先生已指出「『莠』形下所從皆爲『刀』而不是尾形，跟『象』字還是有明顯不同的。」〔註22〕「豙」與「彖」結構相近，似難有它想。因此，「彖」與「豙」當理解為「畫」的「聿」旁省略豎筆，「豙」跟「豙」當無字源上的關係。

二

毛詩《秦風‧黃鳥》：「彼蒼者天，殲我良人。」安大簡 52-54 作「皮（彼）倉（蒼）者天，△我良人。」其中「△」作

整理者指出「△」字是「淺」之異體。《郭店‧五行》簡四六作、《上博六‧用曰》簡二〇作等形。傳抄古文「踐」字作「」形（參徐在國《傳抄古文字編》第一九三頁，綫裝書局二〇〇六年），與簡文所從聲符正相合。上古音「戔」屬精紐元部，「殲」屬精紐談部，音近可通。〔註23〕

謹按：整理者隸定作「淺」可從。金文「翦／踐」字作（禹鼎）、（兮甲盤）、（，逨盤）、（胡鐘）。對應到楚簡作：

a　《郭店‧語叢一》68　　《包山》183　　《上博六‧用曰》20

b　《郭店‧五行》13　　《郭店‧五行》8　　、《清華六‧子產》01）

a 形從「廾」到 b 形省為「又」，而古文字「又」、「止」「屮」經常相混，〔註24〕

〔註22〕陳劍：《金文「象」字考釋》，《甲骨金文考釋論集》，第 263 頁。

〔註23〕黃德寬、徐在國主編：《安徽大學藏戰國竹簡（一）》，中西書局，2018 年，第 110 頁注八。

〔註24〕參見張桂光：〈古文字中的形體訛變〉，《古文字研究》第十五輯（北京：中華書局，1986 年），頁 159、何琳儀：〈仰天湖竹簡選釋〉，《簡帛研究》第 3 輯（南寧：廣西教育出版社，1998 年），頁 106、劉釗：《古文字構形學》（福州：福建人民出版社，2006 年），頁 139～140、魏宜輝：《楚系簡帛文字形體訛變分析》（南京：南京大學博士學位論文，2003 年 4 月），頁 17～18、董珊、陳劍：〈燕王職壺銘文研究〉，《北京大學中國古文獻研究中心集刊（第三輯）》（北京：北京大學出版

如曾侯乙墓出土的捴君戈，「捴」字作，其兩「中」形訛為兩「止」。〔註25〕「登」作（《包山》85），上博五《弟子問》簡5「登」作。清華十《四告》32「臂」字作，左旁從「啙」繼承較早的寫法，《攝命》02則作。《新蔡》076「此」作，其「止」旁作，與「又」相近。因此b形可演變為「圭」。

整理者將「殘」同今本讀為「殲」，筆者認為讀為「殘」聲音更直接。〔註26〕《文選·張衡〈東京賦〉》：「殘夔魖與罔像，殪野仲而殲游光。」李周翰注：「殘、殪、殲，亦殺害也。」《周禮·夏官·大司馬》：「放弒其君，則殘之。」鄭玄注：「放，逐也；殘，殺也。」《戰國策·秦策五》：「昔智伯瑤殘范、中行，圍逼晉陽，卒為三家笑。」高誘注：「殘，滅也。」〔註27〕今本的「殲」與簡本的「殘」當是同義關係，如同毛詩《周南·葛覃》：「是刈是濩」，安大簡《詩經》作「是是」，即「是稌（穫）是穫（濩）」，「穫」可同義換讀與「刈」。〔註28〕簡本《君子偕老》「君子偕壽」，《毛詩》「壽」作「老」；《有杕之杜》「中心喜之」，《毛詩》「喜」作「好」；《山有樞》「且以歌樂」，《毛詩》「歌」作「喜」；《羔裘》「豈無異人」，《毛詩》「異」作「他」。〔註29〕

社，2002年），頁38、徐寶貴：《石鼓文整理研究》上，（北京：中華書局，2008年），頁787、陳劍：〈簡談《繫年》的「戩」和楚簡部分「菁」字當釋讀為「捷」〉，復旦大學出土文獻與古文字研究中心網，2013年01月16日，http://www.gwz.fudan.edu.cn/SrcShow.asp?Src_ID=1996、陳劍：〈清華簡與《尚書》字詞合證零札〉，《出土文獻與中國古代文明——李學勤先生八十壽誕紀念論文集》（上海：中西書局，2016年12月），頁211～213、袁瑩：《戰國文字字形體混同現象研究》（上海：中西書局，2019年），頁115。

〔註25〕參見陳劍：《郭店簡〈六德〉用為「柔」之字考釋》，《中國文字學報（第二輯）》（北京：商務印書館，2008年）。後載氏著：《戰國竹書論集》（上海：上海古籍出版社，2013年），頁101～104。

〔註26〕本則內容見於海天遊蹤（蘇建洲），簡帛網簡帛論壇「安大簡《詩經》初讀」31#，2019年9月25日，http://www.bsm.org.cn/forum/forum.php?mod=viewthread&tid=12687&extra=&page=4。後來【讀書班|安大簡《詩經》討論紀要（2019.10.23）】也記錄董珊先生提到：「淺」當讀為「殘」，這樣更能顯示詩人對蒼天的態度。

〔註27〕宗福邦等編：《故訓匯纂》（北京：商務印書館，2003年），頁1192。

〔註28〕拙文：〈「趨同」還是「立異」？以安大簡《詩經》「是刈是濩」為討論的對象〉，《中國出土資料研究》第二十四號，2020年7月，頁143～160。

〔註29〕劉剛：〈《詩·秦風·晨風》的再討論〉，《漢字漢語研究》2020年2期，頁74～79。

三

《毛詩・魏風・陟岵》「上慎旃哉，猶來無止！」簡本《侯風・陟岵》73
作「尚斳（慎）坦（旃）才（哉）〔註30〕，允埜（來）毌迿。」簡文「迿」寫
作，整理者同今本讀為「止」，注釋云：「迿」，從「辵」，「寺」聲，讀為
「止」（參《古字通假會典》第四〇三頁）。鄭箋：「止者，謂在軍事作部列時。」
朱熹《詩集傳》：「猶可以來歸，無止於彼而不來也。蓋生則必歸，死則止而不
來矣。或曰：止，獲也。言無為人所獲也。」毛傳：「父尚義。」〔註31〕

謹按：整理者所引鄭箋云：「止者，謂在軍事作部列時。」當從阮校將「止
者」改為「上者」，〔註32〕所以鄭玄的解釋不能援以解釋「止」的意思。〔註33〕
其次，從楚簡的用字習慣來看，{止}作「止」或「岙」，比如郭店簡《緇衣》
簡7-8：「非（匪）亓（其）岙（止）之共，唯（惟）王荵（邛）。」上博簡《緇
衣》簡4-5：「非（匪）丌（其）岙（止）共，佳（唯）王之坕（邛）。」郭店
簡《緇衣》簡33-34：「穆=（穆穆）文王，於趴（緝）逓（熙）敬岙（止）。」
上博簡《緇衣》簡17：「穆=（穆穆）文王，於甐=（丞─緝熙）義〈敬〉止。」
郭店簡《緇衣》簡32：「晉（淑）斳（慎）尔（爾）岙（止），不侃（譽／愆）于
義（儀）。」上博簡《緇衣》簡16：「晉（弔─淑）斳（慎）尔（爾）止，不侃
（譽／愆）于義（儀）。」郭店簡《五行》簡10：「亦既見岙（止），亦既詢（覯）
岙（止）。」根據上面的用字習慣，蔣文女士指出：「今本《詩經》中的『止』，
在目前所見戰國楚簡中從來只作『岙』或『止』，未有作普通的『之』之例，這
恰應說明今本《詩經》之『止』乃是原貌，戰國時它們就已經作『止』，而非後
人改動的結果。」〔註34〕《安大簡》也有「岙」見於簡50《秦風・蒹葭》「宛

〔註30〕呂叔湘先生認為「矣」、「哉」、「乎哉」可用於祈使句，敦促勸勉之意甚重，相當於
　　　白話裡拉長了說的「罷」和「啊」。參見呂叔湘：《中國文法要略》，《呂叔湘全集》
　　　（第一卷）（瀋陽：遼寧教育出版社，2002年），頁304。

〔註31〕黃德寬、徐在國主編：《安徽大學藏戰國竹簡（一）》（上海：中西書局，2018年），
　　　頁117注六。

〔註32〕《毛詩正義》（北京：北京大學出版社，2000年），頁430。

〔註33〕《毛詩》的「上慎旃哉」當從簡本讀為「尚慎旃哉」，鄭玄訓為「謂在軍事作部列
　　　時」亦不可信。

〔註34〕蔣文：《先秦秦漢出土文獻與〈詩經〉文本的校勘和解讀》（上海：中西書局，2019
　　　年），頁53～59。

在水之中坁（沚）」，「坁」作 。〔註35〕

楚簡{止}從未見以「待」來表示，〔註36〕所以簡本《陟岵》的「迨」不當從毛詩本讀為「止」。「迨」當是「待」的異體，與「止」是同義關係，均是「止留」之意。《廣雅‧釋詁二》：「傺、跆、止、待、立，逗也。」「崒、離、空、稗、臺，待也。」王念孫《疏證》：

> 待者，止也。《爾雅》云：「止，待也。」上文云：「止、待，逗也。」
> 《論語‧微子》篇「齊景公待孔子」，《史記‧孔子世家》作「止孔
> 子」。《魯語》「其誰云待之」，《說苑‧正諫》篇作「其誰能止之」，
> 是待與止同義。待之言跱也，義見卷三「跱，止也」下。〔註37〕

王念孫認為《論語‧微子》篇「齊景公待孔子」，《史記‧孔子世家》作「止孔子」是同義關係，而非通假關係，這是很對的。〔註38〕《論語‧子路》：「衛君待子而為政」，劉寶楠《正義》：「待、止同義。」《方言》卷十三：「空，待也。」錢繹《箋疏》：「待，與止同義。」《群經平議‧孟子一》：「諸侯多謀伐寡人者何以待之」，俞樾按：「待，與止同義。」〔註39〕據此，簡文「允坴（來）毋迨」讀為「允來毋待」，與《毛詩》「猶來無止」意思相同。同時朱熹的另一說「止，獲也。」當無成立的可能。

附帶說明，安大簡《召南‧采蘩》簡22：「于以采蘩？于渚于止（沚）。」用字與《毛詩》相同。後一句阜陽簡《詩經》作「□□于畤」。胡平生、黃宏信、陸錫興、于茀、程燕等先生都認為「畤」是「沚」之假借，比如胡平生先生認為《說文》：「畤，天地五帝所基止祭地，從田寺聲。右扶風有五畤。」《阜詩》「畤」字非其義，乃假借為「渃」，通「沚」。〔註40〕這種用字情況如同《召南‧草蟲》的「亦既見止，亦既覯止」，馬王堆帛書《五行》179引作「亦既見之，亦既鉤（覯）之」。蔣文女士指出：

〔註35〕可參見《字形表》，頁215。

〔註36〕白於藍：《簡帛古書通假字大系》（福州：福建人民出版社，2017年），頁64～74。

〔註37〕（清）王念孫：《廣雅疏證》（南京：江蘇古籍出版社，2000年），頁64。

〔註38〕高亨：《古字通假會典》（濟南：齊魯書社，1997年），頁403則將此條收錄為【止與待】的通假例證。

〔註39〕宗福邦等編：《故訓匯纂》（北京：商務印書館，2003年），頁744。

〔註40〕諸說參見胡旋：《阜陽漢簡〈詩經〉集釋》，（長春：吉林大學碩士論文，2013年），頁744。

舊似多視此為《詩經》「止」本作「之」（或「止」通「之」）的強證，（原注：程燕：《詩經異文輯考》，第 25 頁，安徽大學出版社，2010 年 6 月。向熹：《詩經詞典》（修訂本），第 718 頁，商務印書館，2014 年 6 月。）恐不可信。首先，馬王堆帛書的時代為西漢初年，更早的戰國晚期郭店簡《五行》引作「𡈼（止）」，在戰國晚期的「𡈼（止）」和今本的「止」之間突兀地出現一個西漢初年的「之」，按照一般的邏輯，「之」宜視作後代流傳過程中偶然的改寫而造成的異文，恐怕不能據以反推詩之原貌。〔註41〕

同理，安大簡與今本《采蘩》作「止（沚）」當是原貌，阜陽簡寫作「時」當是特殊的異文。胡平生先生認為《阜詩》「時」是「沶」的假借，這是有道理的。「沶」是指水中小塊陸地。《穆天子傳》卷一：「丙寅，天子屬官效器，乃命正公郊父，受敕憲，用申八駿之乘，以飲於枝沶之中。」郭璞注：「水歧成沶。沶，小渚也。」《楚辭・九懷・陶壅》：「淹低佪兮京沶」王逸注：「小渚曰沶，小沶曰沶。」《說文》：「沶，水暫益且止，未減也。从水寺聲。」段玉裁注：「水暫益且止未減也，此義未見。蓋與待俟峙字義相近。爾雅釋水亦借為沚字。」這當是因為「寺」本是止息之處，《周禮・天官・宮正》：「次舍之眾寡」，鄭玄注：「舍其所居寺」，賈公彥疏：「寺，即舍也。是官府退息之處。」《文選・吳都賦》：「列寺七里」，李善注引應劭《風俗通》曰：「今尚書御史所止皆曰寺也。」《玄應音義》卷十四「寺廟」注：「諸侯所止皆曰寺。」《廣雅・釋宮》：「寺，官也。」王念孫《疏證》：「寺之言止也。」〔註42〕所以「沶」是指水中可止息之處，即水中小陸地。〔註43〕《釋名・釋水》：「小渚曰沚；沚，止也，可以息其止也。」〔註44〕《玉篇》：「沚，亦作沶。」可見「沚」與「沶」當是音義相關的一組同源詞，而非單純的聲音通假。《爾雅・釋水》：「小陼曰沚。」《釋文》：「沚，本或作沶。」《左傳・隱公三年》：「澗谿沼沚之毛。」《釋

〔註41〕蔣文：《先秦秦漢出土文獻與〈詩經〉文本的校勘和解讀》（上海：中西書局，2019 年），頁 56。

〔註42〕宗福邦等編：《故訓匯纂》（北京：商務印書館，2003 年），頁 597。

〔註43〕這種情形如同徐灝《說文解字注箋》指出訓「常」之「恆」「古祇作亙」，「恆从心从亙，則人心之恆也」。參見丁福保：《說文解字詁林》（北京：中華書局，1988 年），頁 13140。

〔註44〕此據《太平御覽》卷七十一引。參見任繼昉：《釋名匯校》（濟南：齊魯書社，2006 年），頁 64。

文》：「峙，音止，本又作沚，亦音市，小渚也。」可見《經典釋文》所見的版本「沚」有作「㫑」或「峙」，這種用字可以上溯至阜陽簡，楚簡則未見。總之，本文根據楚簡的用字習慣，認為簡本《侯風・陟岵》73「允來毋遟」當讀為「允來毋待」，「待」與今本「止」是義近關係。

四

毛詩《鄘風・干旄》「孑孑干旄」，其中「孑孑」在簡 98 作

整理者分析為从「木」「攴」，「兀（元）聲」，疑「槷」字異體。〔註45〕蔣偉男先生同意此說。〔註46〕謹按：此字當從郭理遠引郭永秉先生之說，釋爲三體石經中「介葛廬」之「介」的古文「叡」（石經古文右旁从攴）。〔註47〕請比對

「叡」即「叔」，羅振玉云：「叔，注楚人謂卜問吉凶曰叔，从又持祟。今卜辭作𣂪，或作𣂪，或作𣂪，象手持木於示前。木者，灼龜之荆；示者，神也，非从手持祟。又知卜問吉凶曰叔，此語殷人已然，不始於楚也。」〔註48〕又云：「从又持祟，祟非可持之物，疑『出』乃『木』之譌。」〔註49〕董珊先生根據三體石經「介」的古文「叔」，指出季姬方尊「牛六十又九叔」的「叔」讀為古漢語中的量詞「介」或「个」。〔註50〕這個詞在師同鼎作「羊百𦥑」之「𦥑」。戰

〔註45〕黃德寬、徐在國主編：《安徽大學藏戰國竹簡（一）》（上海：中西書局，2018 年），頁 135 注四。

〔註46〕蔣偉男：〈談上博簡中從「埶」的兩個字〉，《戰國文字研究》第一輯（合肥：安徽大學出版社，2019 年），頁 129～130。

〔註47〕網友「斯行之」，簡帛網簡帛論壇「安大簡《詩經》初讀」16#，2019-9-25，http://www. bsm.org.cn/forum/forum.php?mod=viewthread&tid=12409&extra=&page=2。

〔註48〕羅振玉：《殷虛書契考釋三種・殷商文字貞卜考》（北京：中華書局，2006 年），頁 14 下。

〔註49〕羅振玉：《殷虛書契考釋三種・殷虛書契考釋》，頁 28 上。

〔註50〕董珊：〈季姬方尊補釋〉，《周秦文明學術研討會論文》，2003 年，陝西寶雞；又載董珊《戰國題銘與工官制度研究——附論新見銅器和楚簡》，北京大學考古文博學院博士後研究工作報告，2004 年。又可參看姚萱：〈從古文字資料看量詞「个」的來源〉，《中國文字》新三十七期（台北：藝文印書館，2011 年），頁 37～40。

國兵器銘文「戟」多寫作從「丰」聲。裘錫圭先生說：「戟在古代亦名『孑』(《左傳》莊公四年)，『孑』、『丰』(古拜切)古音同聲同部，也可能『戈』本讀為『孑』〔註51〕。」其說可從。總合以上來看，可見「介」讀「孑」沒有問題。

「柰」從「木」從「示」，但簡文字形左下不從「示」而從「人」或「刀」形，此所以研究者未將此字與「叔」聯繫在一起，其實這種寫法的「叔」早已出現過。筆者曾指出《古文四聲韻》4.14引《老子》「贅」作、《集韻·去聲七·二十三下·祭韻》載「贅」古文作「𠭯」，此二字右旁所從是「叔／𠬑」，且作為聲符。陳劍先生根據拙說，進一步指出馬王堆帛書《春秋事語》「十五魯莊公有疾章」：「爲亓(其)親則德爲柰矣。」之「柰」原作形，應釋爲「祟」更合。「祟」即應讀爲「贅」？如蘇建洲所論，「贅」所從基本聲符本即由「柰／奈、祟」來。〔註52〕據此，《古文四聲韻》載「贅」作，其「叔」旁寫法正與相同。

2021 年 10 月初稿

2022 年 07 月修訂

附記：本文初稿曾發表在西南大學主辦的「簡帛國際學術研討會(《詩》類文獻專題)」，2021 年 11 月 26〜28 日。

〔註51〕裘錫圭：〈談談隨縣曾侯乙墓的文字資料〉，《裘錫圭學術文集——金文及其他古文字卷》，頁 356 注 20。

〔註52〕詳見拙文：〈楚系文字「祟」字構形補說兼論相關問題〉，臺灣中正大學中文系主編：《中正漢學研究》2012 年第 1 期(總第 19 期)，2012 年 6 月。後刊登於復旦大學出土與古文字研究中心網，2017 年 01 月 15 日，http://www.gwz.fudan.edu.cn/Web/Show/2969。

正、簡體字局部筆畫差異溯源及傳承性之探究——以教育部常用字為範圍

陳嘉凌

國立臺灣師範大學華語文教學系助理教授

作者簡介

陳嘉凌，國立臺灣師範大學國文學系博士，現任國立臺灣師範大學華語文教學系助理教授，兼任國際處全球招生組組長，亦為教育部國家教育研究院成語典、簡編本、異形詞編審委員，公視一字千金節目字庫專家。著有《超譯漢字——珍藏在時光寶盒的文字》、《華語寫作一寫就上手（基礎級、進階級）》。〈《楚帛書・甲篇》神話人物考釋及分析〉一文獲得第二十二屆中國文字學會優秀青年學人獎，〈越南學生來臺原因分析及招生策略規劃——以臺師大僑生先修部為例及其教學建議〉一文獲得僑務委員會僑教學術論著獎。研究專長為文字學、簡帛學、出土文獻學、華語文教學、僑生教育等。

提　要

由於海外僑生從小多使用簡體字，故來臺灣學習時，對正體字的筆畫總有諸多疑問，如方向、斷連、豎鉤等。因此筆者欲方便僑生學習及華語教師教學，故以教育部〈常用國字標準字體表〉4808字為分析對象，與其所對應之簡體字比較，針對局部筆畫差異者進行探究，若字體完全不同或差異較大之字形，如「衛」、「卫」則不予以討論，且討論字若與其他字形結合後亦不重覆列出，如

已討論「帚」、「帚」差異，則不討論相關之「掃」、「婦」字。

　　本文共舉 110 個字例，以正體字為比較準則，共分為八組：突出組、鉤字組、分連組、簡省組、筆法相異組、方向不同組、位置不同組、偏旁不同組，並依序討論及溯源古文字，再由古文字流變中分析正體字、簡體字所承字源。

　　而本文發現正體字較重文字之傳承與溯源，筆劃多有字源依據，而簡體字則重方便簡易，多未有字源依據。且亦發現部分簡體字筆畫並未統一規範，如「羽」字豎筆後有挑筆，然偏旁字形則無，如「耀」字豎筆後未挑筆；下方四點未寫成連筆，如「燕」、「焉」、「然」、「黑」，下方四點寫成連筆，如「马」、「鸟」、「乌」、「鱼」等，這些地方都容易造成學習者及使用者困擾。故期望藉由本文之比較分析，能對學習正、簡體字時有所裨益外，亦讓更多人對文字之傳承、簡化多一份認識。

壹、前　言

　　由於筆者的教導對象皆為海外僑生，從小多使用簡體字，故來臺學習正體字時總有諸多的筆畫疑問，例如：「滿」字中間是「人」，還是「入」？「內」中為「人」或是「入」？「全」上為「人」或是「入」？「花」上連寫或不連？「沉」中為「几」或「儿」？「船」之右上為「几」或「儿」？「說」之右上為「八」或「丷」？「骨」字上部方向朝「左」還是「右」？……，因此筆者欲以教育部公布之〈常用國字標準字體表〉（4808 字）〔註1〕為分析對象，排除字體完全不同或差異較大之字體，如「衛」、「卫」則不予以討論，專究正、簡字間之局部筆畫差異處，並以歷代古文字相較，分析其筆畫成因、由來，以探究正、簡字筆畫之傳承性。故期望藉由本文之比較分析，能對學習正、簡體字時有所裨益外，亦讓更多人對文字之傳承、簡化多一份認識。

一、正簡字體比較及溯源

　　筆者將教育部公布之〈常用國字標準字體表〉（4808 字）全數比較，以正體字為比較準則，將筆畫差異處分為八組，各組又分為若干細類，表格中列出正體字、簡體字、該字之字形演變及傳承說明，內容如下〔註2〕：

1. 突出組

（1）突出類

	正體字〔註3〕	簡體字〔註4〕	字形演變〔註5〕	傳　承
1	丑	丑		正→篆 簡→未有

〔註1〕〈常用國字標準字體表〉簡稱甲表，是中華民國教育部於 1979 年出版的常用字和字體標準，內收 4808 字。

〔註2〕討論字若與其他字形結合後亦不重覆列出，如已討論「帚」、「帚」差異，則不討論相關之「掃」、「婦」字。

〔註3〕正體字筆畫查詢網址：http://stroke-order.learningweb.moe.edu.tw/。（常用國字標準字體筆順學習網）

〔註4〕簡體字筆畫參見中華語文知識庫網站：http://chinese-linguipedia.org/clk/。

〔註5〕古文字字形參考「中華語文知識庫：漢字源流」，http://chinese-linguipedia.org/；「漢典：字形字源」http://www.zdic.net/。字形依序為甲骨文、金文、戰國文字、小篆、隸書，若同時期字體不同，則一同列出並以頓號隔開；若某時期無古文字體則省略不列出。

2	侵	侵	𣏚→𤓼→𢹎→𩈙→侵	正→篆 簡→隸
3	帚	帚	𣏚→𣏚→帚	正→篆 簡→未有
4	雪	雪	𩄡→𩅀→𩅂→雪	正→篆 簡→未有
5	煞	煞	煞	正→篆 簡→未有
6	女	女	𢆉→𢆊→𢆋→𢆌→女	正→隸 簡→未有
7	起	起	𧺆→𧺄→起	正→隸 簡→戰

　　突出類共四組七例，「⺕」類共五例，字形來源不一，如「又」形、「𦥑」形等，至篆文時各類字形均寫成「又」形。

　　而正體字承篆書字源有五例，承隸書字源兩例，均有古文字源依據；而簡體字僅「侵」字一例字源見於隸書。其餘「女」字、「起」字簡體字亦未見字源。

　　以下以簡表表示正簡字體傳承情形：

	篆　書	隸　書	未　見	其　他
正體字	5 例	2 例		
簡體字		1 例	5 例	1 例

（2）未突出類

	正體字	簡體字	字形演變	傳　承
1	角	角	𧢲→𧢳→𧢴→𧢵→角	正→篆 簡→未有
2	善	善	𧮫→𧮭→𧮯→𧮰→善	正→隸 簡→篆
3	拐	拐	拐	正→未有 簡→未有
4	別	別	𠛜→𠛚→𠛛→別	正→篆 簡→隸
5	鄙	鄙	鄙	正→篆 簡→未有

| 6 | 聆 | 聆 | 聆→聆 | 正→篆
簡→未有 |

未突出類共六例，其中正體字承篆書字源有四例，隸書一例，一例未有字源根據，而簡體字僅「善」、「拐」有篆文字源，四例未有字源根據。

以下以簡表表示正簡字體傳承情形：

	篆　書	隸　書	未　見	其　他
正體字	3 例	2 例	1 例	
簡體字	1 例		5 例	

2. 鉤字組

（1）無鉤類

	正體字	簡體字	字形演變	傳　承
1	示	示	示→示→示→示	正→甲 簡→未有
2	慰	慰	慰→慰	正→未有 簡→未有
3	票	票	票→票	正→未有 簡→未有
4	賒	赊	賒	正→篆 簡→未有
5	亲	亲	亲→亲→親→親	正→篆 簡→未有
6	茶	茶	茶	正→篆 簡→未有
7	梳	梳	梳	正→篆 簡→未有
8	荒	荒	荒→荒→荒	正→篆 簡→隸
9	侃	侃	侃→侃	正→篆 簡→未有
10	也	也	也→也→也→也	正→隸 簡→隸
11	奄	奄	奄→奄→奄→奄	正→篆 簡→隸

12	胄	冑		正→篆 簡→未有

　　無鉤類共九組十二例，「示」字組字形來源不一，屬異類同化。而正體字字源有甲骨文一例、篆書八例、隸書一例，僅兩例未有字源；而簡體字未有字源者有九例，僅三例由隸書字源而來。

　　以下以簡表表示正簡字體傳承情形：

	篆　書	隸　書	未　見	其　他
正體字	8 例	1 例	2 例	1 例
簡體字		3 例	9 例	

（2）有鉤類

	正體字	簡體字	字形演變	傳　承
1	翌	翌		正→未有 簡→篆
2	翠	翠		正→未有 簡→篆
3	翟	翟		正→未有 簡→篆
4	翼	翼		正→未有 簡→篆
5	習	習		正→未有 簡→篆
6	翏	翏		正→未有 簡→篆

　　有鉤類「羽」字組共六例，簡體字傳承「羽」形篆書字源，書寫下方未有鉤筆之字形，是簡體字少數有字源，而正體字無字源之例，然值得注意的是，簡體「羽」字卻作鉤筆字形，可知簡體字形並未具整體規範之統一性。

　　以下以簡表表示正簡字體傳承情形：

	篆　書	隸　書	未　見	其　他
正體字			6 例	
簡體字	6 例			

3. 分連組

（1）連筆類

	正體字	簡體字	字形演變	傳　　承
1	充	充	充→充	正→篆 簡→未有
2	梳	梳	梳	正→篆 簡→未有
3	呂	吕	呂→呂→呂→呂、呂	正→篆 簡→隸
4	冊	册	冊→冊→冊→冊→冊	正→篆 簡→未有
5	毒	毒	毒→毒→毒	正→隸 簡→未有
6	卸	卸	卸	正→篆 簡→未有

　　連筆類共八組十字，正體字未有字源僅一例，簡體字有七例。正體字承篆書有七例，承隸書一例，承金文一例；簡體字承隸書一例、篆書一例、戰國文字一例。

　　以下以簡表表示正簡字體傳承情形：

	篆　書	隸　書	未　見	其　他
正體字	5 例	1 例		
簡體字		1 例	5 例	

（2）分筆類

	正體字	簡體字	字形演變	傳　　承
1	花	花	花→花→花、花→花、花、華	正→隸 簡→未有
2	榻	榻	榻	正→篆 簡→未有
3	曼	曼	曼→曼→曼→曼→曼	正→篆 簡→未有
4	最	最	最	正→篆 簡→未有

5	禿	禿	秀→秀	正→未有 簡→篆
6	虎	虎	→　→　→　→南	正→未有 簡→戰
7	沿	沿	沿	正→篆 簡→未有
8	船	船	→船→船→船→船	正→篆 簡→未有
9	沉	沉	→　→　→沈	正→隸 簡→未有
10	亮	亮	亮→亮、亮	正→篆 簡→未有
11	黃	黃	黃→黃→黃→黃→黃、黃	正→未有 簡→隸
12	芉	芉	芉	正→未有 簡→篆
13	敢	敢	→　→　→　→敢	正→隸 簡→未有
14	象	象	→　→象→象	正→未有 簡→篆
15	叟	叟	叟	正→未有 簡→未見
16	垂	垂	垂→垂→垂、垂、垂	正→未有 簡→隸
17	誕	誕	誕→誕	正→未有 簡→篆
18	延	延	→　→延→延→延	正→未有 簡→戰
19	釉	釉	釉	正→未有 簡→篆
20	奐	奐	奐	正→篆 簡→未有
21	麻	麻	麻→麻→麻→麻	正→金 簡→戰

22	潛	潜		正→篆 簡→未有
23	貝	贝		正→戰 簡→未有
24	負	负		正→戰 簡→未有
25	賴	赖		正→篆 簡→未有
26	戔	戋		正→篆 簡→未有
27	魚	鱼		正→隸 簡→未有
28	絲	丝		正→隸 簡→未有

分筆類共十七組二十八字，正體字字源有金文、篆書、隸書，未見字源有九例。簡體字字源有篆書、隸書外，亦有戰國文字，未見字源有十例。

以下以簡表表示正簡字體傳承情形：

	篆　書	隸　書	未　見	其　他
正體字	10 例	5 例	10 例	3 例
簡體字	5 例	2 例	18 例	3 例

而值得注意的是，「燕」、「焉」、「然」、「黑」下方四點分寫，簡體字未有連筆簡省，然「馬」、「鳥」、「烏」、「薦」、「寫」下方四點，簡體字卻又有簡省，此種無整體規範之特性，容易讓學習者無所適從。

4. 簡省組

（1）正體字「省略筆畫」類

	正體字	簡體字	字形演變	傳　承
1	虛	虚		正→未有 簡→未有
2	吳	吴		正→篆 簡→隸
3	奧	奥		正→篆 簡→隸

（2）簡體字「省略筆畫」類

	正體字	簡體字	字形演變	傳　承
4	溫	温	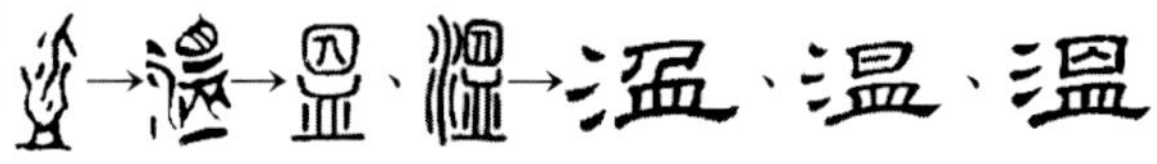	正→篆 簡→隸
5	決	决		正→篆 簡→未有
6	羨	羡		正→篆 簡→未有
7	盜	盗	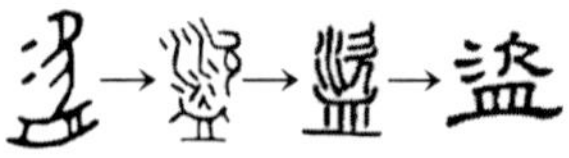	正→篆 簡→未有

省略筆畫類共分兩大類五組七字，正體字承篆書字源者六例，未見字源者僅一例。簡體字承隸書三例，未見字源四例，而簡體字從「水」字形僅「決」字簡省，其餘如「河」、「海」等均未簡省，由此又可見簡體字之未有整體規範之統一性。

以下以簡表表示正簡字體傳承情形：

	篆　書	隸　書	未　見	其　他
正體字	6 例		1 例	
簡體字		3 例	4 例	

5. 筆法相異組

（1）「橫」、「撇」類

	正體字	簡體字	字形演變	傳　承
1	匕	匕	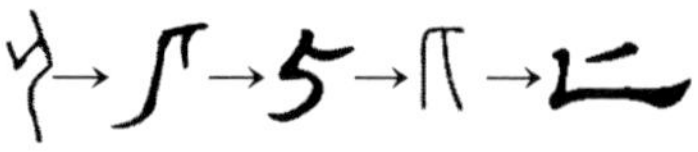	正→未有 簡→隸
2	比	比	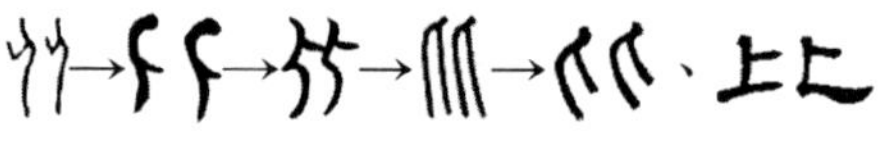	正→篆 簡→未有
3	化	化	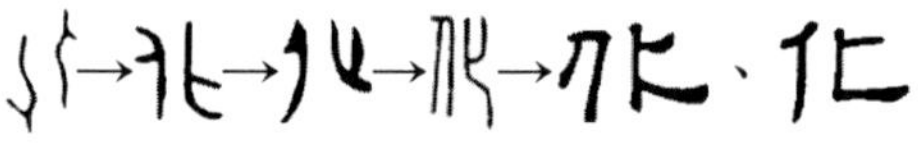	正→隸 簡→隸
4	老	老	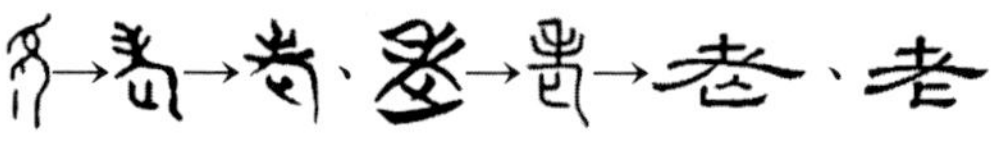	正→隸 簡→未有
5	熊	熊		正→篆 簡→隸

「橫」、「撇」類共一組五例，其中「匕」、「人」、「手杖形」、「熊掌形」均類

化為「匕」形，然正體字作橫筆形，簡體字作撇筆形，正、簡體字各有字源所承。

以下以簡表表示正簡字體傳承情形：

	篆　書	隸　書	未　見	其　他
正體字	2 例	2 例	1 例	
簡體字		3 例	2 例	

（2）「儿」、「八」類

	正體字	簡體字	字形演變	傳　承
1	罕	罕	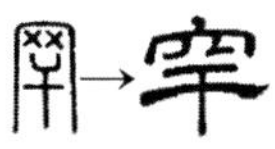	正→隸 簡→未有
2	空	空	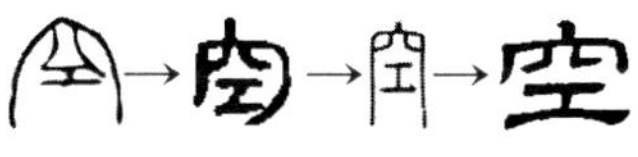	正→篆 簡→未有
3	夋	夋		正→篆 簡→未有
4	淩	淩	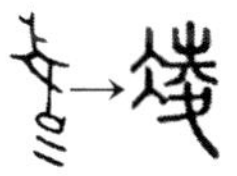	正→篆 簡→未有
5	詹	詹		正→篆 簡→未有

「儿」、「八」類共四組五例，正體字承篆書四例，隸書一例，由於篆書圓筆對稱筆法之緣故，因此未見簡體字之撇、點筆法之例。

以下以簡表表示正簡字體傳承情形：

	篆　書	隸　書	未　見	其　他
正體字	4 例	1 例		
簡體字			5 例	

（3）「橫」、「點」類

	正體字	簡體字	字形演變	傳　承
1	令	令	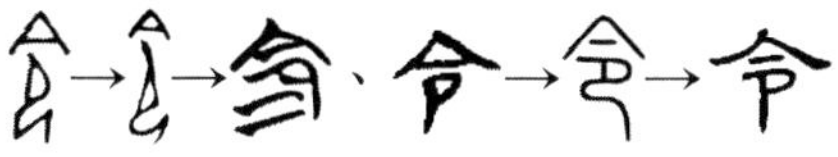	正→甲 簡→未有
2	今	今	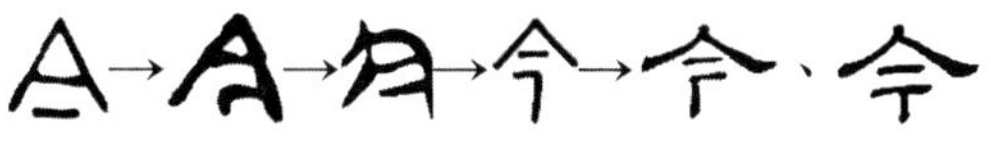	正→甲 簡→未有
3	氐	氐	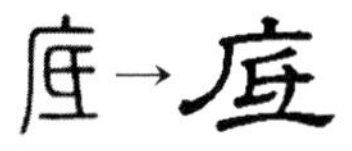	正→篆 簡→未有

	正體字	簡體字	字形演變	傳承
4	勻	匀		正→篆 簡→未有
5	鼠	鼠		正→篆 簡→未有
6	次	次		正→戰 簡→隸

「橫」、「點」類共五組六例，正體字承甲骨文、金文、小篆等作橫筆形，均有字源依據，而簡體字之點筆僅「次」承隸書外，其他均無字源根據。

以下以簡表表示正簡字體傳承情形：

	篆 書	隸 書	未 見	其 他
正體字	3例			3例
簡體字		1例	5例	

（4）「點」、「撇」類

	正體字	簡體字	字形演變	傳承
1	戶	户		正→篆 簡→未見

「點」、「撇」類有一例，正體字承篆書字源，簡體字未見字源。

（5）「點」、「橫」類

	正體字	簡體字	字形演變	傳承
1	肥	肥		正→未有 簡→隸

「點」、「橫」類亦一例，正體字未見字源，簡體字承隸書字源。

（6）「撇」、「直」類

	正體字	簡體字	字形演變	傳承
1	蚩	蚩		正→未有 簡→篆

「撇」、「直」類一例，正體字未見字源，簡體字則承篆書字源。

（7）「點」、「挑」類

	正體字	簡體字	字形演變	傳承
1	州	州		正→隸 簡→未有

2	刃	刃	$\langle \rightarrow \rangle \rightarrow \rangle \rightarrow \rangle \rightarrow$ 刃	正→篆 簡→未有

「點」、「挑」類兩例，正體字承篆書、隸書，而簡體字則未有字源。

（8）「對稱點挑」、「平行兩點」類

	正體字	簡體字	字形演變	傳　承
1	雨	雨		正→未有 簡→未有

「對稱點挑」、「平行兩點」類一例，正體字、簡體字均無字源依據。

（9）長短不同：上短下長、上長下短

	正體字	簡體字	字形演變	傳　承
1	寺	寺		正→隸 簡→未有

長短不同共一例，正體字承隸書，簡體字未有字源。

（10）其他

	正體字	簡體字	字形演變	傳　承
1	聚	聚		正→未有 簡→隸
2	祿	禄		正→未有 簡→未有

其他類共兩例，正體字未有字源，簡體字有一例於隸書之字源。

6. 方向不同組

	正體字	簡體字	字形演變	傳　承
1	內	内		正→未有 簡→隸
2	兩	两		正→未有 簡→隸
3	骨	骨		正→戰 簡→未有
4	兌	兑		正→篆 簡→未有
5	望	望		正→篆 簡→隸

方向不同組共五例，正體字承篆書兩例、戰國文字一例，兩例未見。簡體字承隸書三例，兩例未見。而其中「望」字除「月」之正簡字體方向不同外，下方所從一為橫筆、一為撇筆，筆法亦有別。

以下以簡表表示正簡字體傳承情形：

	篆　書	隸　書	未　見	其　他
正體字	2例		2例	1例
簡體字		3例	2例	

7. 位置不同組

	正體字	簡體字	字形演變	傳　承
1	夠	够	夠	正→未有 簡→未有
2	感	感	感→感→感	正→金 簡→篆

位置不同組共兩例，其中「夠」字正簡體字均未有字源，「感」字正簡體字各有字源。

8. 偏旁不同組

	正體字	簡體字	字形演變	傳　承
1	撐	撑	撐	正→楷 簡→未見
2	雋	隽	雋	正→篆 簡→未見
3	強	强	強→弜、弜、強→強→弜	正→篆 簡→戰
4	沒	没	沒→沒→沒、没	正→未見 簡→隸
5	敖	敖	敖→敖	正→未見 簡→未見
6	隙	隙	隙	正→未見 簡→篆

偏旁不同組共六例，正體字承篆書兩例、楷書一例，未見三例，簡體字承篆書一例、隸書一例、戰國文字一例，三例未見。

以下以簡表表示正簡字體傳承情形：

	篆　書	隸　書	未　見	其　他
正體字	2 例		3 例	1 例
簡體字	1 例	1 例	3 例	1 例

二、正簡字體傳承性分析

　　一九七二年臺灣教育部擬定了字體標準化計畫：整理常用字、研訂標準字體等，並於次年，正式委託臺灣師範大學國文研究所負責研訂國民常用字及訂定標準字體。常用字的選定，先是調查《中文大辭典》、《辭源》、《辭海》、《國語辭典》等二十餘種資料，然後再選定中小學課本及社會一般讀物，如《中央日報》、《聯合報》等八十餘萬字次，逐字歸併，依其出現頻率，劃出等級，最後選定 4808 字。

　　標準字體的選取原則為：（一）諸本中最通行者為正體，如個、个、箇，取「個」；（二）正俗兩體皆通行，取其合六書者，如耽、躭，依初形本義取「耽」；（三）正俗均合六書者，取其最簡省，如炮、砲、礮，取「炮」；（四）筆畫無關繁簡者，則力求符合造字之原理，如取「闊」，不取「濶」；正體繁而不行，俗體簡而通行，且合六書者，則取俗為標準體，如取「灶」不取「竈」〔註6〕。另外，教育部國語推行委員會亦提出五點原則：（一）字體有數體而音義無別者，取一字為正體，餘體若通行，則附注於下；（二）字有多體，其義古通而今異者，予以並收。例如「間」與「閒」，「景」與「影」。古別而今同者，亦予並收。如「証」與「證」；（三）字之寫法，無關筆畫之繁簡者，則力求符合造字之原理；（四）凡字之偏旁，古與今混者，則予以區別；（五）凡字偏旁，因筆畫近似而易混者，則亦予區別，並加說明。〔註7〕

　　而標準字體表除規定每個漢字的標準字體及筆畫數，並附有說明欄，以註明異體字，包括或體和俗體；及規範字形，包括規定筆畫、註明變形，和辨別偏旁三方面。

　　而大陸的字形整理，開始於一九六二年三月，整理印刷通用漢字，並確定每字之筆畫結構及筆畫數，目的是用作統一鉛字字形的標準。兩地字形表最大差異是，大陸多把近似的偏旁加以合併，而臺灣多從字源上加以區別。〔註8〕也

〔註6〕朱匯森：《標準字體訂定》，臺北《中央日報》1980 年 11 月 12 日。
〔註7〕國語文教育叢書第二十二，國字標準字體研訂原則「確定標準字體之原則」。
　　　　http://language.moe.gov.tw/001/Upload/files/SITE_CONTENT/M0001/BIAU/c12.htm?open
〔註8〕許長安：〈海峽兩岸用字比較〉，《語文建設》1992 年第一期。

就是說臺灣注重字源，取合於初形本義者，側重保留古代傳統，大陸注重簡易，取其易於群眾學習者，側重立足現代應用。

而本文共討論一百一十個字例，其中正體字字源見於甲骨文有四例、金文兩例、戰國文字四例，篆書五十一例，隸書十六例，楷書一例，未見三十二例。簡體字字源見於戰國文字五例，篆書十五例，隸書二十例，未見七十例。比較表如下：

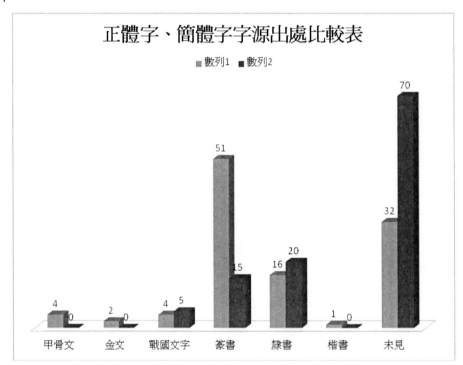

由比較表可知，正體字多有字源，且源從篆書之比例最多，其次為隸書，而簡體字則近七成未有字源，若有字源者亦多見於隸書，其次為篆書。可見正體字傳承古文字字源之比例高。

而分析過程中亦發現部分簡體字筆畫並未統一規範，如「羽」字豎筆後有挑筆，然偏旁字形則無，如「耀」字豎筆後未挑筆；下方四點未寫成連筆，如「燕」、「焉」、「然」、「黑」，下方四點寫成連筆，如「马」、「鸟」、「乌」、「鱼」等，這些都是容易造成學習者及使用者困擾之處。

參考書目及網路資料

1. 朱匯森：《標準字體訂定》，臺北《中央日報》1980 年 11 月 12 日。
2. 許長安：〈海峽兩岸用字比較〉，《語文建設》1992 年第一期。
3. 中華語文知識庫。http://chinese-linguipedia.org/clk/

4. 國字標準字體研訂原則。http://language.moe.gov.tw/001/Upload/files/SITE_
   CONTENT/M0001/BIAU/F12.HTML
5. 常用國字標準字體筆順學習網。http://stroke-order.learningweb.moe.edu.tw/
   home.do

《汗簡》、《古文四聲韻》所錄
《華嶽碑》古文補疏

李綉玲

逢甲大學中國文學系副教授

作者簡介

　　李綉玲，現為逢甲大學中國文學系專任副教授、中國文字學會理事、國家教育研究院異形詞編審委員，曾任中國文字學會秘書長、教育部《異體字字典》撰稿委員。專長領域為文字學、傳抄古文及華語文教學。撰有《張家山漢墓竹簡〔二四七號墓〕構形研究——兼論〈二年律令〉所見《說文》未收字》、《《古文四聲韻》古文探賾》、《《說文段注》假借字研究》等專著，以及多篇期刊和會議論文。

提　要

　　本文主要以《汗簡》、《古文四聲韻》所錄《華嶽碑》古文可在春秋戰國東西土文字找到形體結構對應的二十個字例「天、玄、舍、盧、主、張、地、聖、才、渴、思、焉、刑、奉、載、端、挹、得、士、然」為範疇，具體呈現這些字例在東土六國、西土秦系的形體對應關係；亦進一步探究其書體風格，釐清《華嶽碑》古文和六國文字、《說文》古文、秦篆、《說文》小篆之關聯性如何？是否和東土哪一系文字有高度關聯性？並從中抽絲剝繭可關注的構形現象及其價值。

壹、前　言

　　傳抄古文歷經輾轉傳鈔，致使某些「古文」失去原貌，存在一些問題，〔註1〕不少學者對其真偽和價值提出懷疑。二十世紀以來，隨著考古的蓬勃發展，大量古文字材料出土，為傳抄古文的研究提供有利條件，不少學者運用出土古文進行互證，傳抄古文的價值和作用逐漸凸顯，歷經一個由懷疑、否定到肯定的過程。其中，黃錫全先生曾提出《汗簡》所錄《華岳碑》古文有不少字來源甚古，而且可信，是一筆很值得注意的材料。〔註2〕林清源老師亦曾指出《汗簡》、《古文四聲韻》轉錄《華嶽碑》「天」字增添「宀」旁見於晉系文字，此現象有助於探討《華嶽碑》的古文來源。據此，本文以《汗簡》、《古文四聲韻》引《華嶽碑》古文可在春秋戰國東西土文字找到形體結構對應的二十個字例「天、玄、舍、盧、主、張、地、聖、才、渴、思、焉、刑、奉、載、端、挹、得、士、然」為範疇；此外，「甜（恬）、薈」二例雖無法在東西土文字找到形體結構的對應，但其構形有其特殊性，也一併納入討論。比對過程，本文除考量「形體結構」，具體呈現這些字例在東土四系、西土秦系的形體對應關係，亦進一步探究其書體風格，釐清其性質與來源，例如和六國文字的關聯性如何？是否和哪一系文字有高度關聯性？亦從比對中抽絲剝繭可關注的構形現象及其價值。

　　進行《汗簡》、《古文四聲韻》所錄《華嶽碑》古文與春秋戰國文字之比對，必須先確立形體相合的「標準」為何？馮勝君《郭店簡與上博簡對比研究》曾指出「由於書手的不同，其書法體勢呈現出非常豐富多樣的面貌，很難從中歸納出具有規律性的現象。」〔註3〕李春桃亦認為「相對於形體風格而言，形體的構成則更具有穩定性。」〔註4〕確實如此，尤其傳抄古文經歷代傳抄，除了存在

〔註1〕林清源老師曾指出傳抄古文及其釋文存在「將通假字誤釋為本字、將早期傳抄字書正確古文誤抄為另一個形近之字、將早期傳抄字書正確釋文誤抄為另一個形近之字、將同一傳抄字書早期版本正確釋文誤抄為另一個形近之字、將《說文》篆文誤混為戰國古文、據新興俗字改隸作篆而成、據形近訛體改隸作篆而成、據篆文變體隸定而成、疑後人據古文偏旁自行拼合而成」等亂象。見林清源：〈傳抄古文「示」部疏證十九則〉，《成大中文學報》第 64 期（2019.3），頁 129～133。

〔註2〕黃錫全：《汗簡注釋》（台北：台灣古籍出版有限公司，2005.1），頁 62。

〔註3〕馮勝君：《郭店簡與上博簡對比研究》（北京：線裝書局，2007.5），頁 257。

〔註4〕李春桃：《傳抄古文綜合研究》（長春：吉林大學博士學位論文，2012.06），頁 311。

將通假字誤釋為本字、誤認某字為某、混雜偽造古文，或將某字誤抄為另一個形近字等問題，亦屢見偏旁或線條書寫訛誤、繁加飾筆的現象。因此，本文將《汗簡》、《古文四聲韻》所錄《華嶽碑》古文與春秋戰國文字進行比對，是以「形體結構」作為是否相合、是否可相對應為判斷依據；換言之，是指即使偏旁書寫有訛誤或有繁加飾筆，但「形體結構」可相對應，仍視為形體相合。另，考量偏旁義近替代為出土古文常見的構形現象，當《汗簡》、《古文四聲韻》所錄《華嶽碑》古文和春秋戰國文字僅有偏旁義近替代的差異，本文亦視為「形體結構」相合、可相對應之字例。

此外，考量傳抄古文經歷代輾轉抄寫，來源駁雜的特殊性，例如《汗簡》「然」字引《華嶽碑》作 ，從犬、從肉，應隸作「肰」，此構形結構雖見於戰國楚系文字作 （郭店‧性 46）、 （郭店‧老甲 30）、 （信陽 1‧1），但「犬」旁的書體風格和《說文》篆文的「犬」形作 相合，此應源自戰國秦系篆文「犬」形的寫法，如《詛楚文》「犯」字作 （亞駝）、秦官印「狗」字作 （官印 0011）的「犬」形。又例如《汗簡》「端」字引《華嶽碑》作 ，應隸作「褍」，雖形體結構見於楚系和秦系文字，但書體風格和《說文》篆文 相合；進一步探究其源頭，此「耑」旁的寫法應源自春秋金文 （邨王孖又觶）。又例如《古文四聲韻》「舍」字引《華嶽碑》作 ，應隸作「豫」，通「舍」，雖形體結構在「東土四系」和「西土秦系」皆可找到對應，但象身的寫法和楚系「豫」作 （包山 7）所從之「象」形較為相近。

綜上，本文將《汗簡》、《古文四聲韻》所錄《華嶽碑》古文與春秋戰國文字進行比對，除考量「形體結構」是否可找到對應，亦在形體結構對應的基礎之上，進一步探究其書體風格，方能將《汗簡》、《古文四聲韻》所錄《華嶽碑》古文的性質與來源清楚的抽絲剝繭，具體釐清《華嶽碑》古文和六國文字、《說文》古文、秦篆、《說文》小篆、秦系文字等之關聯性。

貳、《華嶽碑》古文與春秋戰國文字形體結構相對應字例之性質分析

關於春秋戰國文字的分域，何琳儀先生採李學勤〈戰國題銘概述〉一文的五分法，以地區分類，即以「系」分類，指出一系之內可以是一個國家的文字，如「燕系文字」、「秦系文字」；也可包括若干國家的文字，如「齊系文字」、

「晉系文字」、「楚系文字」。就「齊系文字」而言，是指春秋中葉以來，以齊國為中心的魯、邾、倪、任、滕、薛、莒、杞、紀、祝等國銘文。「晉系文字」除了韓、趙、魏，還包括中山國、東周、西周、鄭、衛等小國。「楚系文字」是自春秋中葉以來以楚國為中心的文化圈，包括吳、越、徐、蔡、宋和漢、淮二水之間的小國。〔註5〕就「齊系文字」而言，雖然張振謙《齊魯文字編》根據文字形體特點的不同，將齊系文字又細分為齊莒、魯邾兩系；〔註6〕但考量本文僅探討《華嶽碑》古文和春秋戰國文字形體結構可相對應的二十個字例，因此，進行《汗簡》、《古文四聲韻》所錄《華嶽碑》古文和春秋戰國文字的比對時，仍將以五系為基準，齊系暫不細分為齊莒、魯邾兩系。

此外，由於學術界多認為郭店簡《唐虞之道》、《忠信之道》、《語叢一》、《語叢二》、《語叢三》和上博簡《緇衣》文字性質較為特別，是具有齊系文字特點的抄本。〔註7〕如李春桃所言，上述這幾篇簡文受到齊、楚兩國文字共同影響。〔註8〕因此，本文在比對《汗簡》、《古文四聲韻》所錄《華嶽碑》古文與春秋戰國文字的形體結構，原則上，齊、楚除這幾篇簡文以外，若有其他字形可與《汗簡》、《古文四聲韻》相對應，本文便不採用這幾篇簡文；但，齊、楚若僅有這幾篇簡文可資比對，本文則單獨另列標題，希望能更加清楚釐清《汗簡》、《古文四聲韻》所錄《華嶽碑》古文的性質與來源。

據上，本文以《汗簡》、《古文四聲韻》所錄《華嶽碑》古文和春秋戰國文字形體結構可相對應之二十個字例為範疇，具體呈現這些字例在東土四系、西土秦系的形體對應關係，並進一步探究其書體風格，俾使《華嶽碑》古文的性質與來源更加清晰，和六國文字、《說文》古文、秦篆、《說文》小篆、秦系文字等之間的關係更為明確。分析如下：

〔註5〕詳參何琳儀：《戰國文字通論（訂補）》（安徽：江蘇教育出版社，2003.1），頁85～86、頁115、頁148。

〔註6〕張振謙：《齊魯文字編》（北京：學苑出版社，2014.1），頁2～6。

〔註7〕詳參馮勝君：《論郭店簡〈唐虞之道〉、〈忠信之道〉、〈語叢〉一～三以及上博簡〈緇衣〉為具有齊系文字特點的抄本》，（北京凱發國際首頁入口博士後研究工作報告，2004.08）。馮勝君：《郭店簡與上博簡對比研究》，頁258～259。

〔註8〕李春桃：《傳抄古文綜合研究》，頁331。

一、與「東土四系」、「西土秦系」形體結構可對應，但有所寫訛

字例	《汗簡》《古文四聲韻》所引《華嶽碑》	春秋‧戰國文字					說　明
		齊	楚	三晉	燕	秦	
天	汗1.3〔註9〕四2.3	幣編25	上博二容9.33	行氣玉銘	燕侯載簠	秦駰版	《華嶽碑》古文「天」字的人形軀幹上下分離，下部寫訛更甚。
焉	汗5.67四2.6	齊幣084	新蔡甲三132	哀成叔鼎	貨系2298	傅983	此形應隸作「安」，通「焉」。〔註10〕甲金文已見「安」字从宀、从女、加上飾筆（也可能有象形或指事作用）〔註11〕作（商‧存415《甲》）、（周中‧公貿鼎）。戰國東土和秦系文字多數有加飾筆。

二、與「齊系、楚系、晉系」形體結構可對應，但有所寫訛

字例	《汗簡》《古文四聲韻》所引《華嶽碑》	春秋‧戰國文字			說　明
		齊	楚	三晉	
天	汗3.40（）〔註12〕四2.2	陶錄3.548.6	上博三恆5	行氣玉銘	此形應隸作夭，贅增「宀」旁。《說文》小篆、商周甲金文、秦文字的「天」字未見作此形，此為東土新興字形，屬「典型古文」。

〔註9〕本文所引《古文四聲韻》字形酌採三個版本，一為〔宋〕夏竦撰：《古文四聲韻》（北京：北京圖書館出版社，2003.7據中國國家圖書館藏宋刻本影印。）二為〔宋〕夏竦撰：《古文四聲韻》（台北：台灣商務出版社，1983《景印文淵閣四庫全書》據國立故宮博物院藏本影印。）三為〔宋〕夏竦：《古文四聲韻》（台北：學海出版社股份有限公司，1978.5據光緒十年《碧琳瑯館叢書本》影印。）由於上述三個版本以第一個版本的字形墨色較為清晰，因此，三個版本字形相同時，本文僅引出上述第一個版本的字形為代表。

〔註10〕出土文獻常見「安」與「焉」通假之例。參白於藍：《簡牘帛書通假字字典》（福州：福建人民出版社，2008.1），頁321～323。

〔註11〕季師旭昇先生：《說文新證（上冊）》（臺北：藝文印書館，2002.10），頁594。

〔註12〕此字形引自〔宋〕夏竦撰：《古文四聲韻》（臺北：台灣商務出版社，1983《景印文淵閣四庫全書》據國立故宮博物院藏本影印）

| 主 | 四3.10 | 陳純釜 | 包128 | 中山王鼎
 侯馬1:5 | 此形應隸作「宝」,中間的豎筆訛為曲筆。六國文字「宝」讀為「主」,作為人主或神主之意。
(詳參本文「主」字說解) |
| 奉 | 四3.3
 四3.3 | 璽考295 | 郭店老乙17 | 貨系505 | 西周金文已見從廾、丰聲的「奉」字作(周晚‧散氏盤)。東土文字承之,秦文字繁加「手」形作〔註13〕(泰山刻石)。《華嶽碑》形所從「丰」旁線條斷裂,寫訛較甚。 |

三、與「晉系」形體結構可對應,但有所寫訛

字例	《汗簡》《古文四聲韻》所引《華嶽碑》	春秋‧戰國文字	說　明
		晉系文字	
張	汗4.52 四2.15	中山王方壺	此形應隸作「綜」,字書未見,疑為「張」字異義別構的異體字。此形除了反映了晉系文字的用字,亦可作為字書補充的參考。(詳參本文「張」字的說解)
地	汗6.74 四4.7	〔註14〕 195:168例	墬、墜、埅、坨、徏均為戰國「地」字不同寫法之隸定。 《出土戰國文獻字詞集釋》按語:「戰國文字的『地』字形多變。晉系文字『地』皆以『豕』為基本聲符,湯餘惠認為晉系『地』字是『從豚省聲。』或從阜從豕,作(《侯馬》35:6);或纍增形符土,作(《侯馬》3:1)。」〔註15〕《汗簡》、《古文四聲韻》此形和晉系侯馬的寫法形近,但「豕」形省訛。

〔註13〕此形引自徐中舒主編、漢語大字典字形組編:《秦漢魏晉篆隸字形表》(四川:四川辭書出版社,1985.8),頁179。

〔註14〕此形引自山西省文物工作委員會:《侯馬盟書》(台北:里仁書局,1980.10),頁310。

〔註15〕曾憲通、陳偉武主編:《出土戰國文獻字詞集釋》(北京:中華書局,2018.12),卷十三上,頁6680。

四、與「齊系」形體結構可對應，但有所寫訛

字例	《汗簡》《古文四聲韻》所引《華嶽碑》	齊 系	說 明
士	圫 汗1.4 圫 四3.7	圫 仕斤徒戈 仕 璽彙1463	此形應隸作「仕」 假「仕」為「士」 《古文四聲韻》形訛較甚

五、與「秦系」形體結構可對應，但有所寫訛

字例	《汗簡》《古文四聲韻》所引《華嶽碑》	秦 系	說 明
載	𪓐 四4.17	𪓐 石鼓文吳人	此形應隸作「𪓐」。〈石鼓文〉假「𪓐」為「載」。《古文四聲韻》此形與秦篆、《說文》篆文形體結構相合，上承西周金文「𪓐」作𪓐（周早·沈子它簋）、𪓐（周中·卯簋）。（詳參本文「載」字的說解）

六、與「楚系、晉系」形體結構可對應，但義符發生義近替代

字例	《汗簡》《古文四聲韻》所引《華嶽碑》	春秋·戰國文字		說 明
		楚系	晉系	
刑	𠜱 汗4.52	𠜱 上博一緇14	𠜱 奸𥂖壺	此形應隸作「型」，假「型」為「荆（刑）」，《華嶽碑》此形以「勿」旁義近替代「刀」旁。目前出土材料，雖「型」字的「刀」形未見作「勿」形，但其他字例，如「則」、「利」、「制」等字，東土和秦系可見以「勿」旁代「刀」旁。（詳參本文「刑」字說解）

七、與「東土楚系、晉系、燕系」、「西土秦系」形體結構可對應，但書體風格近「東土楚系、晉系、燕系」

字例	《汗簡》《古文四聲韻》所引《華嶽碑》	春秋·戰國文字		說　明
		楚	晉	
思	汗 6.74	 包山 2.78	 珍戰 66	《說文》「思」字篆文作（卷十下·216 頁）〔註16〕《華嶽碑》此形所从之「心」旁作，與東土「心」形的寫法相合，如（楚·上博六·天乙 9／懲〔怨〕）、（楚·上博七·鄭乙 4／恩〔惻〕）、（晉·璽彙 0685／息）、（燕·璽彙 2325／忞）、（齊·璽考 301／惑）、（齊·璽彙 3598／憝）、和秦系「心」形的寫法，如（詛·巫咸）、（秦駰·玉版）、（睡乙 104 貳）並不相合，而《說文》篆文和秦系相合。《華嶽碑》此形和《說文》篆文、秦系文字不同，可視為典型的六國古文。
		燕	秦	
		 璽彙 3770	 珍秦 385	

八、與「齊系、楚系、晉系、《說文》古文」形體結構可對應，但書體風格近「齊系」和《說文》古文

字例	《汗簡》《古文四聲韻》所引《華嶽碑》	春秋·戰國文字			《說文》古文	說　明
		齊	楚	三晉		
玄	汗 2.19 四 2.3	 郘公牼鐘〔註17〕	 包山 66	 貨系 318	 卷四下 159 頁	齊系、楚系和《說文》古文皆可見加兩飾筆（圓點、豎畫）。加飾筆之「玄」字為東土新興字形，屬「典型古文」。

〔註16〕本文所採大徐本《說文》版本為〔東漢〕許慎記、〔南唐〕徐鉉等校定：《說文解字》（北京：中華書局，1985 年《叢書集成初編》影印《平津館叢書》本）。由於本文多次徵引大徐本《說文》，其後直接在引文之後用括號標示卷數、頁碼，不另在註釋中一一敘明。

〔註17〕春秋晚期〈郘公牼鐘〉為傳世彝器，字形引自中央研究院數位典藏資源網，2022/08/19，https://digiarch.sinica.edu.tw/content/repository/resource_content.jsp?oid=1811420&queryString=%E9%82%BE%E5%85%AC%E7%89%BC%E9%90%98

九、與「東土四系」、「西土秦系」形體結構可對應，但書體風格近「楚系」

字例	《汗簡》《古文四聲韻》所引《華嶽碑》	春秋・戰國文字					說　明
		齊	楚	三晉	燕	秦	
舍	四4.33	 淳于公戈	 包山7	 璽彙1894	 璽彙2822	 陶彙5.123	此形應隸作「豫」，通「舍」。上博簡〈仲弓〉23：「人其豫之諸？」可對應《論語・子路》：「人其舍諸？」可證「舍」、「豫」相通。〔註18〕《華嶽碑》此形「象頭和象身」分離，象身位移至左側，象身和楚系較為相近，屬「典型古文」。

十、與「東土齊系、楚系、晉系」、「西土秦系」形體結構可對應，但書體風格近「楚系」

字例	《汗簡》《古文四聲韻》所引《華嶽碑》	春秋・戰國文字				說　明
		齊	楚	三晉	秦	
才	汗3.31 四1.30	 陶錄3.611.2	 清華一・保訓11 上博九・成乙3	 中山王方壺	 陽陵兵符	如同楚系文字，中間的豎筆向右彎曲。

十一、與「晉系」形體結構可對應，偏旁書體風格近「晉系」和《說文》古文

字例	《汗簡》《古文四聲韻》所引《華嶽碑》	晉　系	說　明
渴	汗5.61	 中山王方壺 璽彙1303	《說文》「渴」字篆文作（卷十一上・235頁）。戰國楚系亦見「渴」字作（清華五・厚父05）。檢視戰國從「曷」之字，「謁」字作（晉・守丘刻石）、（秦・集證134.26），「竭」字作（晉・溫縣・WT1K1：3690）、（晉・璽彙3003）

〔註18〕詳參李春桃：《傳抄古文綜合研究》，頁97。

			（秦・陶錄 6.26.4），「楬」字作（晉・璽彙 1046）（秦・十鐘 3.11 下）。《說文》「碣」字古文作（卷九下・194 頁），《華嶽碑》此形所从之「曷」旁和《說文》古文、戰國晉系文字相近。

十二、與「東土齊系、楚系、晉系」、《說文》古文、「西土秦系」形體結構可對應，偏旁寫訛，書體風格近《說文》古文

字例	華嶽碑	春秋・戰國文字 齊	春秋・戰國文字 楚	說文古文	說明
得	汗 4.46 四 5.28	齊陶 0081	上博一孔 26	卷二下 43 頁	「得」之初文从又（或从手）、从貝，已見甲金文，作（商・鐵 29.1）、（周晚・大克鼎）。春秋戰國可見「貝」形訛為「目」形，「寸」旁代「又」旁。 《說文》古文从「寸」、「貝」形則訛為似「見」形，《汗簡》、《古文四聲韻》此形和《說文》古文的寫法相近。 秦文字可見从「彳」、从「寸」、「貝」形訛為似「見」形作（泰山刻石），《說文》小篆作，承自秦文字。
		三晉	秦		
		珍戰 59	里 J1（8）133 正		

十三、與楚系、晉系、《說文》古文形體可對應，書體風格近《說文》古文

字例	《汗簡》《古文四聲韻》所引《華嶽碑》	春秋・戰國文字 楚	春秋・戰國文字 晉	《說文》古文	說明
挹	汗 1.11 四 5.22	天策〔革〕	三年大將弩機〔革〕	卷三下 60 頁〔革〕	戰國文字未見「挹」字。鄭珍云：「古文革也，釋『挹』誤。」 傳抄古文「革」字作（5 下）、（四 5.18），與此相合。 「挹」古音（影緝）、「革」古音（見／職），雖「緝、職」二部主要元音相同，但「影、見」二紐聲音並不相近，故先排除假借的可能性，姑且視為一種誤置。 此形雖形體結構見於楚系和晉系文字，但書體風格卻是和《說文》古文相合。

十四、與「東土齊系、楚系、晉系」、「西土秦系」形體結構可對應，但偏
　　　旁書體風格分別近晉系、郭店簡《語叢一》、《語叢三》，而郭店簡
　　　《語叢一》、《語叢三》此偏旁近齊系

字例	《汗簡》《古文四聲韻》所引《華嶽碑》	春秋・戰國文字				說　明
		齊	楚	三晉	秦	
盧	（圖）四1.26	（圖）璽考31	（圖）王子嬰次爐	（圖）幣編228	（圖）集粹564	所从「皿」形「益」，可在晉系「鈿」字作（圖）（二十七年鈿）之「皿」形找到對應。所从之「虍」形，可在郭店《語叢一》簡60「虖」字作（圖）、《語叢三》簡57「虖」字作（圖）找到相近構形。广、尸的寫法在齊系的「虍」旁能看到比較多相類的字例。（詳參本文「盧」字說解）

十五、與上博簡《緇衣》形體結構可對應，和齊系的寫法較為符合，但有
　　　所寫訛

字例	《汗簡》《古文四聲韻》所引《華嶽碑》	《緇衣》	說　明
聖	（圖）汗5.56 （圖）四4.36	（圖）緇衣11	常見楚系「聖」字作（圖）（郭店・老甲12）、（圖）（上博七・武12），〈緇衣〉簡11的寫法較為特殊，和春秋齊器〈簞叔之仲子平鐘〉「聖」字作（圖）（《金》）有相類之處。（詳參本文「聖」字的說解）

十六、與「楚系」、「秦系」形體結構可對應，書體風格近《說文》篆文

字例	《汗簡》《古文四聲韻》所引《華嶽碑》	春秋・戰國文字		說　明
		楚	秦	
端	（圖）汗3.30	（圖）上博五・三11	（圖）睡・日甲25背	此形應隸作「褍」，假「褍」為「端」。雖形體結構見於楚系和秦系文字，但書體風格和《說文》「褍」字篆文（圖）相合，將《說文》篆文誤混為古文。進一步探究其源頭，此「耑」旁的寫法應源自春秋金文（圖）（郘王尒又觶）。

十七、與「楚系」形體結構可對應，書體風格近《說文》篆文

字例	《汗簡》、《古文四聲韻》所引《華嶽碑》	楚系文字	說　明
然	然 汗 4.55	然 天卜 然 郭·老甲 23 然 信陽 1.1	雖形體結構見於楚文字，但《華嶽碑》「犬」旁的寫法應出自秦篆，具有秦系文字的特點。 （詳參本文「然」字說解）

　　據上，本文以《汗簡》、《古文四聲韻》所錄《華嶽碑》古文和春秋戰國文字形體結構可相對應之二十個字例為範疇，和商周甲金文、六國文字、《說文》古文、秦篆、《說文》小篆、秦系文字的進行比對，總結於下：

　　（一）就形體結構之對應關係而言：

　　《華嶽碑》古文的形體結構可於東土和西秦系找到對應的情況為：「齊系」有 11 例、「楚系」15 例、「晉系」16 例、「燕系」4 例、「秦系」8 例。

　　（二）就書寫風格而言：

　　在分析的二十個字例中，有 7 個字例明顯呈現出東土文字「某系」或「二系以上」的書寫風格，亦即這 7 個字例的書寫風格可於東土文字找到相合或相近之處。綜合來看，有 1 例同時和「楚系、晉系、燕系」相近，有 1 例同時和「晉系、齊系」相近。若個別來看，其中僅和「齊系」相合的有 2 例、「楚系」2 例、「晉系」1 例。

　　楚系文字是目前出土數量最多的，在比對過程中，發現無論是「形體結構」或是「書寫風格」，楚系文字並沒有明顯高於「齊系」或「晉系」，此為值得注意的現象。另，雖然本文僅分析《華嶽碑》古文和春秋戰國文字形體結構可相對應的二十個字例，當中卻可見 7 個字例呈現出東土文字「某一系」或「二系以上」的書寫風格，顯示《汗簡》、《古文四聲韻》古文雖經歷代輾轉傳抄，又經郭忠恕、夏竦之節錄、後代翻刻等因素，雖然存在不少問題，但傳抄古文仍某種程度反映戰國東土古文的面貌，不能輕易就予以否定。

　　另，李春桃《傳抄古文綜合研究》將古文分為典型古文和非典型古文，指出：

　　　　典型古文是指與《說文》篆文不同，具有六國文字特點的形體，相
　　　　反則屬於非典型古文。例如，「一」字古文作弍（四 5.7 老），這種寫

法與《說文》小篆不同，與六國文字相合，說明古文是承襲六國文字而來，我們稱之為典型古文。「一」字古文也作一（四 5.7 孝），該形雖見於六國文字，但與《說文》小篆相同，有可能是從《說文》等漢代文字發展而來，所以這類古文不具有典型性，此處稱之為非典型古文。〔註19〕

關於上述李春桃定義之「典型古文」和「非典型古文」，仍有可商之處。本文認為除了以《說文》小篆為對照基準，應將商周甲金文納入考量；因為《汗簡》、《古文四聲韻》所錄古文儘管與《說文》小篆不同，與六國文字相合，但有可能同時也和商周甲金文相合。換言之，存有此現象的字形，表示自殷商至戰國時代字形未有明顯的改變，六國文字前有所承，非屬新興的六國字形，宜將此類歸於「非典型古文」。例如「焉」字，《汗簡》、《古文四聲韻》引《華嶽碑》作（汗 5.67）、（四 2.6），此形應隸作「安」，通「焉」。此形與《說文》「安」字小篆作（卷七下・150 頁）不同，與六國文字相合，李春桃視為「典型古文」；〔註20〕但檢視商周甲金文的「安」字，其實已見從宀、從女、加上飾筆（也可能有象形或指事作用）作（商・存 415《甲》）、（周中・公貿鼎）的寫法，六國文字其實是承自商周甲金文，並非新興字形，本文歸於「非典型古文」。另，《華嶽碑》古文雖然有的形體結構可以在東土或西土秦系文字找到對應，但書體風格卻是和《說文》古文相合，可能是源自於《說文》古文，本文對於此類亦一併檢視。

基於以上考量，本節上述以《汗簡》、《古文四聲韻》引《華嶽碑》古文與春秋戰國文字形體結構可相對應的二十個字例為範疇，透過和商周甲金文、六國文字、《說文》古文、秦篆、《說文》小篆、秦系文字的仔細比勘，試圖釐清其中屬於「典型古文」、「非典型古文」和可能是源自於《說文》古文的字例。總結於下：

（一）「典型古文」的字例：

「天（）」、「玄」、「舍（豫）」、「盧」、「主（宝）」、「張（綩）」、「地」、「聖」、「才」、「渴」、「思」。

〔註19〕 李春桃：《傳抄古文綜合研究》，頁 331。
〔註20〕 李春桃：《傳抄古文綜合研究》，頁 363。

（二）「非典型古文」的字例：

「天（夼）」「焉（安）」、「刑（型）」、「奉」、「載（飦）」、「端（耑）、

然（肰）、士（仕）」。

（三）可能是源自《說文》古文的字例：

「挹（革）」、「得」。

參、《華嶽碑》古文構形現象舉隅

《汗簡》、《古文四聲韻》所錄古文歷經長時間的輾轉抄寫，構形駁雜，除了常見訛寫現象，所收字形及其釋字字頭存在「通假」和「誤置」亦在所難免。經本文上一節之分析，將通假字置於本字之下，如「焉（安）」、「刑（型）」、「舍（豫）」等字；「誤置」現象，如「革」字誤置於「挹」字之下。本文探賾《汗簡》、《古文四聲韻》所錄《華嶽碑》古文字形及其釋文，發現除了「訛寫」、「通假」和「誤置」等問題，亦有其他可關注的構形現象，分類舉隅說明於下：

一、同形異字

釋　甜　　𣂪　華岳碑（汗 3.42）　　𣂪　華嶽碑（四 2.27）

《說文》：「𦧘，美也。从甘、从舌。舌，知甘者。」（卷五上·100 頁）《說文》「甜」字篆文左从「甘」右从「舌」，《玉篇零卷》作𦧘，《龍龕手鑑》「𦧘」、「甜」並見，《廣韻》《類篇》作「甜」，現代漢字亦作「甜」。《汗簡》「甜」字作𣂪，黃錫全認為應是「恬」（與佸有別），蓋恬字別體，假為甜。〔註21〕案：「恬」、「佸」二字，《說文》「恬」字：「𢛢，安也。从心，𦧘省聲。」（卷十下·218 頁）「佸」字：「𦡠，會也。从人、昏聲。」（卷八上·164 頁）「恬」字為安適、安然義，古音屬（定／談），「佸」字為會合義，古音屬（匣／月），「恬」、「佸」二字義別，雖古韻主要元音相同，但聲紐並不相近。據此，考量《古文四聲韻》「恬」字引《古老子》作𣂪（2.27），雖可隸作「佸」，但由於「恬」、「佸」二字音義有別，《古文四聲韻》將「佸（𣂪）」置於「恬」字之下，應非屬義近誤置或假借關係，且「人」、「心」二旁字形並不相近，亦可排

〔註21〕黃錫全：《汗簡注釋》，頁 276。

除書手將「恬」誤抄為「佸」。

　　本文另從偏旁替換的觀點思考，由於古文字可見「人」、「心」二旁的替換，如戰國「偽」字從「人」作 （秦・雲夢・答問 180）、（楚・上博八・子 2），亦從「心」作 （楚・上博二・從乙 1）、（晉・璽彙 3896）。《古文四聲韻》將「佸（）」置於「恬」字之下，排除上述義近誤置、假借、形近誤抄的可能性，筆者推測《古文四聲韻》「恬」字所引之佸（），是將「恬」字的「心」旁替換為「人」旁，造成和《說文》「從人、昏聲」的「㖼（佸）」形構偶然相同，應非《說文》的「㖼（佸）」字，黃錫全之說可從。關於古文字「人」、「心」二旁的替換，合肥《戰國文字形體研究》將「人」、「心」二旁的替換歸於非同義意符替換，指相替換的意符之間沒有直接的意義聯繫，而是由於一字的不同意義組合發生了變化而進行的替換。〔註 22〕林清源先生將各自選用字義並不相近的偏旁為義符的異體字稱之為「義異別構」。〔註 23〕

　　《古文四聲韻》「恬」字引〈古老子〉作 ，將「佸」置於「恬」字之下，據上所述，排除義近誤置、假借、形近誤抄的可能性，疑是將「恬」字的「心」旁替換為「人」旁，造成和《說文》「從人、昏聲」的「㖼（佸）」偶然同形，並非「㖼（佸）」字。而此形 和《古文四聲韻》「甜」字引〈華嶽碑〉作 形近，應為同一字，假「恬」為「甜」，「恬」字「心」旁替換為「人」旁，異義別構作「佸」，和「㖼（佸）」偶然同形。

二、一個字形可能雜糅二系以上的寫法

釋　盧　華嶽碑（四 1.26）

　　戰國「盧」字作 （秦・集粹 564）、（楚・王子嬰次爐）、（晉・幣編 228）、（晉・天幣 51）、（齊・璽考 31）。《古文四聲韻》「盧」字引〈華嶽碑〉作 ，所從「皿」形作「」，可在晉系「鉰」字作 （二十七年鉰）、「盛」字作 （舒龏壺）之「皿」形找到對應；與他系從「皿」之字，如 （秦・

〔註 22〕孫合肥：《戰國文字形體研究》（合肥：安徽大學博士學位論文，2014.10），頁 325、頁 329。

〔註 23〕林清源：《楚國文字構形演變研究》（台中：東海大學博士學位論文，2014.10），頁 131。

二世詔版 3 ／盛）、<span>（楚・上博六・用 17 ／盈）、</span>（楚・上博五・三 8 ／盈）、<span>（楚王酓忎盤・商周 14402 盥）的「皿」形並不相合。</span>

另，<span>盧</span>所從之「虍」形，與郭店楚簡《語叢一》「虖」字作<span>（語一 60）、</span>《語叢三》「虖」字作<span>（語三 57）諸字所從之「虍」形相近，而郭店簡《語叢一》、《語叢三》是學界認為具有齊系文字特點的抄本，馮勝君從文字形體和用字習慣將郭店《唐虞之道》、《忠信之道》、《語叢》一～三及上博簡《緇衣》與六國文字和傳抄古文相對比，證明這幾篇簡文與楚文字有別，而多與齊系文字及《說文》古文、三體石經古文相合。〔註 24〕徐富昌先生亦指出楚簡中之非楚系文字現象，正好說明戰國晚期各國文化、文字和典籍交流之頻繁。〔註 25〕至於所謂「具有某系文字的特點」，馮勝君說明是指簡文中包含有較多的該系文字因素。〔註 26〕因此，上述所指郭店《唐虞之道》、《忠信之道》、《語叢》一～三及上博簡《緇衣》是「具有齊系文字的特點」的抄本，意即這幾篇簡文雖與楚文字有別，多與齊系文字相合，但亦有與楚文字有別，但無法判斷地域和國別特點的。

回歸於此《華嶽碑》「盧」古文<span>盧</span>，本文檢視與郭店楚簡《語叢一》「虖」字作<span>（語一 60）、</span>《語叢三》「虖」字作<span>（語三 57）諸字所從之「虍」形相近，而郭店簡《語叢一》、《語叢三》與典型的楚文字寫法有別，馮勝君曾窮盡式列出上博簡《緇衣》、郭店簡《語叢》一～三與楚簡有別的寫法如下：〔註 27〕

【上博簡《緇衣》】的「虍」旁：

<span>石</span> 4、<span>戈</span> 9、<span>屯</span> 14、<span>夫</span> 14、<span>火</span> 14、<span>中</span> 17、<span>土</span> 23

【郭店簡《語叢》一～三】的「虍」旁：

<span>屮</span> Y1-28、<span>屮</span> Y1-30、<span>屮</span> Y1-30、<span>屮</span> Y1-45、<span>屮</span> Y1-59、<span>屮</span> Y1-60、<span>屮</span> Y1-61、<span>屮</span> Y1-62、<span>屮</span> Y1-63、<span>屮</span> Y1-65、<span>屮</span> Y1-67、<span>屮</span> Y1-71、<span>屮</span> Y1-91、<span>屮</span> Y1-

〔註 24〕詳參馮勝君：《論郭店簡〈唐虞之道〉、〈忠信之道〉、〈語叢〉一～三以及上博簡〈緇衣〉為具有齊系文字特點的抄本》，（北京凱發國際首頁入口博士後研究工作報告，2004.08）。馮勝君：《郭店簡與上博簡對比研究》，頁 258～259。

〔註 25〕徐富昌：〈戰國楚簡異體字類型舉隅——以上博楚竹書為中心〉，《臺大中文學報》第 34 期（2011.06），頁 6。

〔註 26〕馮勝君：《郭店簡與上博簡對比研究》，頁 255。

〔註 27〕馮勝君：《郭店簡與上博簡對比研究》，頁 331。

96、⿱Y1-106、⿱Y1-109、⿱Y2-10、⿱Y2-11、⿱Y2-50、⿱Y3-50、
⿱Y3-57、⿱Y3-58、⿱Y3-65、⿱Y3-68、⿱Y3-72

【楚簡】的「虍」旁：

⿱包山81、⿱六德38、⿱窮達6、⿱曾侯60

由以上字形，確實可看出「上博簡《緇衣》、郭店簡《語叢》一～三」的「虍」旁寫法與楚簡寫法明顯有別，那這幾篇簡「虍」旁寫法的來源為何？是否能判斷地域和國別特點？馮勝君將上博簡《緇衣》「虍」旁分析為三類形體，並和齊、三晉、燕系「虍」旁的寫法進行比對，馮勝君列出如下：

【上博簡《緇衣》】「虍」旁

a. ⿰、⿰　　b. ⿰、⿰、⿰、⿰　　c. ⿰

【齊】「虍」旁

⿰璽彙 0209	⿰璽彙 3606	⿰璽彙 3028
⿰陶彙 3.1109	⿰陶彙 3.913	⿰璽彙 0656
⿰陶彙 3.422	⿰璽彙 3328	⿰璽彙 3106
⿰滕子戈・集成 10898		

【三晉】「虍」旁

⿰戰編 312	⿰侯馬 341	⿰侯馬 346
⿰侯馬 351	⿰璽彙 1738	⿰璽彙 1302

【燕】「虍」旁

⿰璽彙 3447	⿰璽彙 0015

馮勝君指出上博簡《緇衣》c 類與楚文字相合，a、b 兩類均不見於楚文字。經比對後，馮勝君認為上博簡《緇衣》a、b 兩類形體雖然能在三晉或齊系文字找到相對類似的形體，但仍然無法肯定其地域和國別特徵。〔註28〕

據上，本文以《華嶽碑》「盧」古文作的「虍」旁⿰和可與之相對應的郭店《語叢一》「虞」字作⿰（語一60）、《語叢三》「虞」字作⿰（語三57）的「虍」旁寫法⿰為考察中心，在馮勝君比對的基礎之上，進而和齊系、晉

〔註28〕 馮勝君：《郭店簡與上博簡對比研究》，頁 294～295。

系、燕系更多的「虍」形進行比對，雖不能完全排除 ⼧、⼧ 和晉系 ⼧（晉・十二苿銅盒・集成 10359／虞）⼧（晉・貨系 991／虎）「虎」形的關聯性，但依「相近程度」和「出現頻率」來看，發現 ⼧、⼧ 的寫法在齊系的「虍」旁能看到比較多相類的字例，寫法也更為相近，例如齊系「盧」字作 ⼧〔註29〕（山東新出古璽印 16）、「慮」字「虖」字作 ⼧〔註30〕（陶彙 3.816）、「盧」字作 ⼧（集成 08.4111）、「叡」字作 ⼧（集成 16.10187）、「鸕」字作 ⼧（集成 01.271）、「虓」字作 ⼧〔註31〕（集成 01.14）。據上所述，可推測《古文四聲韻》所錄此《華嶽碑》古文字形的來源駁雜，歷經時空的輾轉傳抄，一個古文字形的構成偏旁，可能源自二系以上的寫法雜糅而成。

三、保存東土文字增添贅旁的新興字形

釋　天　　⼧華岳碑（汗 3.40）　　⼧華嶽碑（四 2.2）

「宎」見於東土文字，戰國晉系《行氣玉銘》：「行氣，△（宎）則遀，遀則神（伸），神則下，下則定。」△作 ⼧，陳邦懷疑 ⼧（宎）即「吞」的假借字，意為口吸進氣後自上而下逐漸運行至腹下的吸氣過程；何琳儀亦認為《行氣玉銘》的 ⼧ 讀「吞」，從宀、天聲，「天」之繁文。〔註32〕另，戰國楚系《上博（三）・恆先》簡 5：「智（知）旣（既）而亢（荒）思不△（宎）。」△作 ⼧，整理者李零認為「不宎」疑讀「不殄」，是不滅、不絕的意思，季師旭生先生亦認為「宎」讀為「殄」，全句是說：「知道天道既成，必須藉著『一』和『復』來維持不墜，那麼『一』和『復』這種『大思』就不會殄滅了。」〔註33〕李銳讀為「知幾而亡思不天」，並舉《五行》「幾而知之，天也」為證。〔註34〕董珊

〔註29〕此形引自孫剛：《齊文字編》（福州：福建人民出版社，2010.1），頁 129。

〔註30〕此形引自孫剛：《齊文字編》，頁 127。

〔註31〕「盧、叡、鸕、虓」字形引自張鵬蕊：《齊系文字字根研究》（臺北：國立臺灣師範大學國文學系碩士論文，2020.10），頁 311。

〔註32〕有關《行氣玉銘》「宎」字的各家釋讀，詳參拙作：《《古文四聲韻》古文探賾》（嘉義：國立中正大學中國文學研究所博士論文，2009.7），頁 94。

〔註33〕有關《上博（三）・恆先》簡 5「宎」字的各家釋讀，詳參拙作：《《古文四聲韻》古文探賾》，頁 93～94。

〔註34〕此說原載於李銳：〈恆先淺釋〉，簡帛研究網，2004/04/23。本文李銳的說法引自曾憲通、陳偉武主編：《出土戰國文獻字詞集釋》（北京：中華書局，2018.12），卷七，頁 3593。

則認為「宊」字應該表示一種等同於「天」的極致狀態，是「極高明」、「極其神明」的意思。上述晉系文字的「宊」或讀為「吞」，楚系或讀為「殄」，或可逕讀為「天」，文例中「宊」的字義雖仍有討論的空間，但「宊」為「天」的異構繁文，應該是肯定的，出土古文亦可見增添無義的「宀」旁。

《汗簡》、《古文四聲韻》錄《華嶽碑》古文 ⿱宀而 （汗 1.3）、⿱宀而（四 2.3）、⿱宀冊（汗 3.40）、⿱宀冊（四 2.2），釋為「天」字，雖有所寫訛，但其中繁加「宀」旁的「宊」字，一方面可作為上述《上博（三）·恆先》簡 5 的「宊」是否可直接讀為「天」的參考；另一方面，和目前所見資料比對，「宊」字未見於《說文》小篆、商周甲金文和秦文字，是屬於東土文字的用字，《汗簡》、《古文四聲韻》某種程度保存了東土文字曾經出現的新興字形及其構形方式。

四、忠實呈現東土和西土秦系文字常見的義符義近替換現象

釋　刑　 ![字形] 華岳碑（汗 4.52）

此形應隸作「型」，假「型」為「荊（刑）」，古文字可見「型」字讀為「刑」或「形」。〔註35〕《說文》「土」部：「![字形]，鑄器之法也」（卷十三下·287 頁）「刀」部：「![字形]，刓也。」（卷四下·92 頁）「彡」部：「![字形]，象形也。」（卷九上·184 頁）。戰國「型」字構形多變，或从土、刑聲作 ![字形]（楚·上博一·緇 14）、![字形]（晉·𨥛盗壺），或从「刃」旁作 ![字形]（楚·上博五·三 11）、![字形]（晉·中山王鼎），或从「田」旁作 ![字形]（楚·包山 208）、![字形]（楚·包山 228），或聲旁「刑」省刀形作 ![字形]（楚·上博四·曹 21）、![字形]（楚·九 A87），或从「山」旁作 ![字形]（齊陶 1414），燕系作 ![字形]（燕·璽彙 3820）。《汗簡》「刑」字亦見从「刀」作 ![字形]（汗 2.21 尚），此形引《華岳碑》以「勿」旁義近替代「刀」旁。

就目前出土材料，雖古「型」字的「刀」形未見作「勿」形，但以「勿」形替代「刀」形於東土和西土秦系文字常見，如「則」字，楚系可見作 ![字形]（上博四·曹 33）；「利」字，楚系可見作 ![字形]（上博三·周 11）、晉系可見作 ![字形]（璽彙 2710）；「制」字，秦系可見作 ![字形]（里耶 8-528 正）。《汗簡》和《古文

〔註35〕詳參拙作：《《古文四聲韻》古文探賾》（嘉義：國立中正大學中國文學研究所博士論文，2009.7），頁 140。

四聲韻》另有其他例子亦見以「勿」旁替代「刀」旁，如《古文四聲韻》「利」字引〈天台經幢〉作 ![字] （4.6），《汗簡》「則」字引〈義雲章〉作 ![字] （4.52）。由此可知，若出土古文當時常用某一偏旁義近替代另一偏旁，《汗簡》、《古文四聲韻》所錄古文某種程度亦會呈現出來。

五、偏旁寫法可見秦系特徵

釋　然　 ![字] 華嶽碑（汗 4.55）

《說文》「肰」字本義是犬肉。《說文》：「 ![字] ，犬肉也。从犬、肉。讀若然。 ![字] ，古文肰。 ![字] ，亦古文肰。」从犬、从肉的「肰」字見於楚系文字作 ![字] （郭店・性 46）、 ![字] （郭店・老甲 30）、 ![字] （信陽 1.1），讀為語末助詞的「然」。戰國「然」字除了作語末助詞，亦見讀為「熱」，如《郭店・老乙》簡 15 的 ![字] ，劉國勝指出在楚系文字裡，「倉然」是表示「寒熱」的習慣詞。〔註36〕《汗簡》「然」字引《華岳碑》作 ![字] ，《古文四聲韻》「然」字則引《雲臺碑》作 ![字] （卷 2），相較《汗簡》所引字形，肉形未寫脫一筆。

關於「犬」形，李春桃曾指出戰國時期各系文字的「犬」旁寫法有很大的差異，可據其寫法判斷形體的國別，但傳抄古文體系中的「犬」旁多數寫作 ![字] 形，是經後人整理所致，寫法已不具國別特徵。〔註37〕針對此觀點，本文有不同看法，檢視《汗簡》、《古文四聲韻》「肰」字所從的「犬」旁，和《說文》篆文的「犬」形作 ![字] 相合，此應源自戰國秦系篆文「犬」形的寫法，如《詛楚文》「犯」字作 ![字] （亞駝）、秦官印「狗」字作 ![字] （官印 0011）的「犬」形；除和秦篆相合，亦和秦簡、秦陶「犬」形的寫法相近，如《睡虎地》「犯」字 ![字] （秦 57）、秦陶作 ![字] （陶錄 6.367.1 / 狀）。《汗簡》、《古文四聲韻》「犬」形的寫法雖和楚系 ![字] （包 233）、 ![字] （望山 1.28）、 ![字] （郭店・語四 2 / 狗）、晉系 ![字] （貨系 109）、 ![字] （璽彙 1158 / 狗）、齊系 ![字] （陶錄 2.193.4 / 狗）、燕系 ![字] （璽彙 3496 / 狗）的寫法不同，但和《說文》篆文相合，進一步探究其源頭，應出自秦篆，仍具有秦系文字的特點。

〔註36〕曾憲通、陳偉武主編：《出土戰國文獻字詞集釋》（北京：中華書局，2018.12），卷十上，頁 5006。

〔註37〕李春桃：《傳抄古文綜合研究》，頁 311。

肆、《華嶽碑》古文的價值舉隅

一、為古文字的釋讀提供參考補證

釋　舊　華岳碑（汗1.12）

《說文》未見「舊」字，但有「詹」字，云：「，多言也。從言、從八、從厃。」（卷二上・28頁）。戰國「詹」字和從「詹」之字的「詹」旁，據筆者觀察，主要可分為六類構形：

A. 從言、從八（或「八」形為分化符號）〔註38〕、厃聲（應讀作「瞻」）〔註39〕

如「儋」字所從之「詹」：（秦・十三年少府矛）

B. 從言、從八、厃聲，「言」旁訛作「畐」形

如「詹」字：（楚・上博一・緇9）

C. 從言、從八，「口」旁訛作「山」形〔註40〕

如「詹」字：（燕・璽彙5455）、（燕〔註41〕・璽彙5456）

D. 從言、從八，「言」旁訛作「畐」形

如「檐」字所從之「詹」：（楚・上博九・陳17）

E. 從言、從八，「八」形與「言」形上部連接訛作「八八」〔註42〕

如「檐」字所從之「詹」：（楚・王命龍節）

〔註38〕《說文》：「詹，多言也。從言、從八、從厃。」季師旭昇先生認為「多言」難以造字，因此「詹」字應該是由「言」分化的一個字；亦指出（西漢・老子甲後225《篆》）從「言」，「八」形為分化符號，「厃」聲。見季旭昇：《說文新證（上冊）》（台北：藝文印書館，2002.10），頁72。

〔註39〕季師旭昇先生據《篆隸萬象名義》、《刊謬補缺切韻》、《大廣益會玉篇》、《廣韻》所載的「厃」字，指出「厃」字應該象人在厂上，瞻望之形，本音應讀作「瞻」。見季旭昇：《說文新證（上冊）》，頁72。

〔註40〕李家浩先生指出戰國文字往往把「口」旁寫作「山」字形，並以戰國「檐」字的「詹」旁作從「八」從「言」為證，認為（璽彙5456）即「詹」字的省寫，從「八」從「言」。見李家浩《著名中年語言學家自選集・李家浩卷》（合肥：安徽教育出版社，2002.12），頁150～151。

〔註41〕（燕・璽彙5455）、（璽彙5455）這二個字形，湯餘惠主編《戰國文字編》並未標示所屬地域，黃德寬主編、徐在國副主編《戰國文字字形表》則歸於「燕」系文字。

〔註42〕于省吾：〈鄂君啟節考釋〉，《考古》1963年8期，頁442～447。

F. 從八、從厂、「炎」省聲〔註43〕

如「澹」字所從之「詹」：🀄（郭店・語一107）

除上述構形，古陶文有一方單字陶文如下：

🀄（陶錄 3.294.1）

徐在國指出此陶文《陶彙》缺釋，《陶徵》放入附錄中，《陶字》從之。徐在國認為郭店《語叢一》107簡的「澹」字作🀄，與此陶文形體基本相同，此陶文從「八」、從「厂」，下省「言」，所從的「🀄」，當是「淡」省；古音「詹」、「淡」均為舌音談部，故「澹」字可以「詹」、「淡」為聲符，此陶文當釋為「澹」。〔註44〕

承上，本文仔細比對陶文🀄和《語叢一》107簡🀄，發現陶文所從「厂」形的豎筆右側多了三筆，未見於上述所列「詹」形的寫法。《汗簡》「蒼」字引《華岳碑》古文作🀄，所從「厂」旁豎筆右側亦見有三筆，將裝飾三線條以曲筆呈現，《華岳碑》古文對於將陶文🀄釋為「澹」，在以郭店《語叢一》107簡🀄形為考釋依據外，另提供了參考補證。

二、保留了戰國東土古文的用字習慣

釋　主　🀄華嶽碑（四3.10）

此形應隸作「宔」，《說文》「宔」、「主」二字分立。《說文》「宀」部：「🀄，宗廟宔祏。從宀、主聲。」（卷七下・151頁），《說文》「宔」的本義是古代宗廟中藏神主的石函。〔註45〕《說文》「丶」部：「🀄，鐙中火主也。從丶，象形。從丶，丶亦聲。」（卷五上・105頁）《說文》釋「主」為燈心，唐蘭認為卜辭示、宗、主實為一字，〔註46〕何琳儀參照甲骨文「示壬」、「示癸」、《史記》作「主壬」、「主癸」證明「主」、「示」實乃一字之分化。〔註47〕季師旭昇

〔註43〕荊門市博物館編：《郭店楚墓竹簡》（北京：文物出版社，1998.5），頁200。

〔註44〕徐在國：〈古陶文字釋叢〉，《古文字研究（第二十三輯）》（北京：中華書局，2002.6），頁109。

〔註45〕李學勤主編：《字源（中）》（天津：天津古籍出版社，2012.12），頁664。

〔註46〕李孝定：《甲骨文字集釋》（台北：中央研究院歷史語言研究所，1991.3，《中央研究院歷史語言研究所專刊之五十》），頁41。

〔註47〕何琳儀：《戰國文字通論（訂補）》，頁309。

先生將各家釋為「主」的字分為三系（甲形、乙形、丙形），甲形如 （商·前 6.65.6《甲》），上象鐙主、下以木為鐙柱；乙形如 （商·合 12450），上象鐙主、下象後世之鐙柱；丙形如 （商·後 1.1.2《甲》）、（周中·幾父壺《金》），象神主之形。〔註48〕傳世文獻的「主」字除作為神主，亦可見作為君主、領導者、事物的根本、掌管、統治等之義。〔註49〕

筆者觀察戰國文字「主」、「宔」二字的用法，秦系文字未見「宔」字，只見「主」字，如《睡虎地·語書》簡 3：「今法律令已具矣，而吏民莫用，鄉俗淫夫（泆）之民不止，是即法（廢）△（主）之明法殹（也）。」△作 〔註50〕，作「君主」義；又如《睡虎地·效律》簡 17：「同官而各有△1（主）殹（也），各坐其所△2（主）。」△1 作 、△2 作 〔註51〕，為「掌管」義。

至於東土六國讀為「主」之字，《璽彙》4893 有印文四字：〔註52〕〔王又（有）△正〕，第三字△作 ，何琳儀先生指出商代文字 、 確為一字（象神靈之位，兩側為飾筆），但戰國文字二者已截然不同，並列舉戰國文字「宔」、「宗」各三例，以見異同：

「宔」 盟書 314、 中山王鼎、 璽彙 1442

「宗」 盟書 314、 兆域圖、 璽彙 1437

何琳儀先生特別指出璽文「宔」、「宗」截然不同，《璽彙》1442「宔」讀「主」，姓氏，並以《通志·氏族略》：「主，嬴姓，即主父氏也，或單言主氏。」為證。據此，何琳儀先生主張《璽彙》4893「主正」讀為「主政」，並引《管子·禁藏》：「故主政可往於民，民心可繫於主。」與此璽文互證。〔註53〕案：此說以「宔」、「宗」的字形為出發點，列舉《侯馬盟書》、〈中山王鼎〉、〈兆域圖〉

〔註48〕季師旭昇先生：《說文新證（上冊）》，頁 420～421。

〔註49〕參《教育部重修國語辭典修訂本》，2022/08/11，https://dict.revised.moe.edu.tw/dictView.jsp?ID=7993&q=1&word=%E4%B8%BB

〔註50〕睡虎地秦墓竹簡整理小組編：《睡虎地秦墓竹簡》（北京：文物出版社，1990.9），釋文頁 13、圖版頁 11。

〔註51〕睡虎地秦墓竹簡整理小組編：《睡虎地秦墓竹簡》，釋文頁 72、圖版頁 36。

〔註52〕引自羅福頤主編：《古璽彙編》（北京：文物出版社，1994.6），頁 443。

〔註53〕何琳儀的說法引自古文字詁林編纂委員會：《古文字詁林（第五冊）》（上海：上海教育出版社，2004.12），頁 253。（原載於何琳儀：〈古璽雜釋再續〉，《中國文字》新 17 期，1993。）

和《璽彙》等出土文獻「宝」、「宗」不同的寫法作為對照，並援引傳世文獻作為通讀的旁證，《璽彙》4893「」釋為「主」，「主正」讀為「主政」，此說可從，「主」字是主持、掌管之意。至於此《璽彙》4893 的國別，何琳儀先生《戰國古文字典》歸於晉系文字。〔註54〕

除上所述，東土六國明確讀為「主」之字，作「宝」。如上博楚簡〈性情論〉簡3：「凡眚（性）為△，勿（物）取之也。」△作，考釋者濮茅左先生隸定作「宝」，讀為「主」〔註55〕，是根本的意思。濮茅左考釋云：

> 「宝」，與「主」通。《說文》段玉裁注：「經典作主，小篆作宝。」
> 又《說文通訓定聲》：「主，假借為宝。」《中山鼎》、《侯馬盟書》「主」
> 均作「宝」。〔註56〕

綜合上述段氏、濮茅左所云，透露出傳世文獻的「主」字，出土的東土六國文獻習見作「宝」。

關於《中山王鼎》、《侯馬盟書》讀為「主」之字，和「宗」字產生糾葛。〈中山王方壺〉：「臣△1 易位」△1 作、〈中山王大鼎〉：「臣△2 之宜」△2 作、〈中山王圓壺〉：「子之大辟不宜，反臣其△3」△3，以上字形《中山王䚎器文字編》釋為「宗」字。〔註57〕而《侯馬盟書》文例：「以事其△」△作（侯195:7）、（侯1:44）、（侯1:49），《侯馬盟書》亦釋為「宗」。〔註58〕黃盛璋先生從盟書的性質、盟者的關係、盟辭的理解和字形各方面進行考察，並舉上述戰國中山王三銅器有此字，皆與臣相對，可和《侯馬盟書》參證，更加可證實原釋為「宗」的字，當是「宝」字而用為「主」。〔註59〕陳漢平先生亦有相同看法，認為《侯馬盟書》文例為「以事其△」，△作、、、、、、、，△《侯馬盟書》釋宗，應是「宝」字，盟書當讀「以事其主」。〔註60〕

〔註54〕何琳儀：《戰國古文字典（上冊）》（北京：中華書局，1998.9），頁356～357。

〔註55〕馬承源主編：《上海博物館藏戰國楚竹書（一）》（上海：上海古籍出版社，2001.11），釋文頁224、圖版頁73。

〔註56〕馬承源主編：《上海博物館藏戰國楚竹書（一）》，釋文頁225。

〔註57〕張守中：《中山王䚎器文字編》（北京：中華書局，1981），頁33。

〔註58〕山西省文物工作委員會《侯馬盟書》（台北：里仁書局，1980.10），頁317。

〔註59〕黃盛璋：〈關於侯馬盟書的主要問題〉，《中原文物》第2期（1981），頁28～29。

〔註60〕陳漢平：《屠龍絕緒》第7輯（哈爾濱：黑龍江教育出版社，1989.10），頁169。

黃盛璋先生〈中山國銘刻在古文字、語言上若干研究〉一文亦再次說明：

> 《侯馬盟書》中「宗」和「主」字結構不同，絕不相混，中山銅器
> 銘刻有宗有主，其區別和盟書完全一致，即宗字下從𣎴、𣎴，而「主」
> 字下從𡧛或𡧛，按結構分析，此字當是「宝」而用作「主」。〔註61〕

此外，黃盛璋先生亦另舉出《包山楚簡》為例證，如《包山》簡202：「舉禱
官地△1（主）一殺」△作𡧛、《包山》簡219：「兼之祐于地△（主）」△2作
𡧛，△1、△2明確用為神主，與《侯馬盟書》之主全同。〔註62〕黃盛璋先生
以中山王三銅器、《侯馬盟書》和《包山楚簡》互證，證明原釋為「宗」之字，
如𡧛（中山王方壺）、𡧛（中山王圓壺）、𡧛（侯195:7）等形，當是「宝」
字而用為「主」。

　　承上，據筆者檢視，戰國楚簡讀為「主」之字寫作「宝」，或為神主，或
為根本的意思，除上述、《包山》簡、博簡〈性情論，《望山》簡亦是如此，用
為「主」之字寫作「宝」。《望山》簡109：「賽禱宮陛（地）△（宝）」，△作
𡧛，考釋者指出此形從「宀」從「主」，用為「主」字，「地主」即掌土地之
神祇。〔註63〕

　　《古文四聲韻》錄《華嶽碑》古文將「宝」置於「主」字之下，就目前出土
的戰國文字而言，保存了東土楚系、晉系讀為「主」之字寫作「宝」的用字習
慣。

三、保留了戰國東土古文的用字，亦可補充字書

　　釋　張　　𦁁華嶽碑（汗4.52）　　𦁁華嶽碑（四2.15）

　　《汗簡》、《古文四聲韻》此形應隸作「綻」，字書未見，〔註64〕《汗簡》「糸」

〔註61〕黃盛璋：〈中山國銘刻在古文字、語言上若干研究〉，《古文字研究》第7輯（北京：
中華書局，1982.6），頁83～84。

〔註62〕黃盛璋：〈包山楚簡中若干重要制度發復與爭論未決諸關鍵字解難、決疑〉，《湖南
考古輯刊》第6輯（長沙：湖南省文物考古研究所，1994），頁199。

〔註63〕湖北省文物考古研究所、北京大學中文系編：《望山楚簡》（北京：中華書局，
1995.6），頁38、77、99。

〔註64〕參黃錫全：《汗簡注釋》（台北：台灣古籍出版有限公司，2005.1），頁327。筆者查
閱《教育部異體字字典》，歷代字書亦未見「綻」字。參《教育部異體字字典》，
2022/08/13，https://dict.variants.moe.edu.tw/variants/rbt/word_attribute.rbt?quotecode=
QTA0MzY5LTAyNw#58。

旁寫訛較甚。戰國「張」字作 （楚・郭店・窮達 10）、（燕・九年將軍戈）、（秦・珍秦 176）。晉〈中山王方壺〉:「隹德附民，隹宜（義）可△（緩）。」△作 ，應隸作「緩」。「緩」可通讀為「長」，長久義，順其文意為「有德民乃親附，循理而行事社稷可得長利。」〔註65〕「緩」亦可讀為「張」，張大、盛大義，通讀文意為「只要施德就能使百姓歸附，只要行義就能使國勢張大。」〔註66〕

歷代字書未載「緩」字，依上述出土的〈中山王方壺〉用法，「緩」字有可能是「張」的異體字，但由於「弓」、「糸」意義並不相近，大概是受造字觀點轉變等因素的影響，選用了字義並不相近的偏旁為義符，林清源老師稱此現象為「異義別構」。〔註67〕《戰國文字字形表》「張」字錄有晉系文字作 （二十年鄭令戈），該字形左旁殘泐嚴重，難以判斷是從「弓」或從「糸」，因此難以斷定晉系文字是否習用「緩」為「張」。檢視歷代字書，未見「緩」字，《汗簡》、《古文四聲韻》錄《華嶽碑》古文「從糸、長聲」的「緩」字置於字頭「張」字之下，就目前出土的戰國文字而言，除了反映了晉系文字的用字，亦可作為字書補充的參考。

四、保留了西土秦文字的用字

釋　載　 華嶽碑（四4.17）

《古文四聲韻》此形應隸作「飤」。《說文》「卂」部:「，設飪也。從卂、從食、才聲。讀若載。」（卷三下・63頁）就目前出土材料，西周金文「飤」作 （周早・沈子它簋）、（周中・卯簋），秦〈石鼓文・吳人〉作 ，讀為「載」，〔註68〕陳昭容指出〈石鼓文〉刻石的年代約在春秋晚期，可能略晚於秦公簋和景公磬，但不至於晚到戰國時期。〔註69〕《說文》「車」部:「，

〔註65〕馬承源主編《商周青銅器銘文選（第四卷）——東周青銅器銘文釋文及注釋》（北京:文物出版社，1990.4），頁 577。

〔註66〕劉翔、陳抗、陳初生、董昆編著、李學勤審訂《商周古文字讀本》（北京:語文出版社，1989.9），頁 199。

〔註67〕林清源《楚國文字構形演變研究》（台中:東海大學中國文學研究所博士論文，1997.12），頁 131。

〔註68〕〈石鼓文・吳人〉「載西載北。」讀「載」，語首助詞。見何琳儀:《戰國古文字典（上冊）》，頁 101。

〔註69〕陳昭容:《秦系文字研究》（臺北:中央研究院歷史語言研究所，2003.7），頁 211〜212。

乘也。从車、𢦏聲。」（卷十四上‧302頁）

東土文字未見「𩎟」字，但可見假「載」為「𩎟」，如楚〈坪夜君鼎〉：「坪夜君□之△（載）鼎」，△作▨，讀為「𩎟」。東土古文「載」字構形多元，亦作「𨏍」（▨楚‧曾乙80）、「𤰔」（▨晉‧中山王方壺）、「𢼛」（▨燕‧燕侯載簋）等形。秦文字亦見「載」字，如《睡虎地‧法律答問》簡175：「以其乘車△（載）女子。」〔註70〕△作▨〔註71〕，為《說文》乘載本義的用法。

《古文四聲韻》此形與秦篆〈石鼓文〉、《說文》篆文形體結構相合，探究其源頭，上承西周金文。《古文四聲韻》將「𩎟」置於「載」字之下，除了構形的承襲，也將秦文字假「𩎟」為「載」的用字記錄下來。

五、為〈緇衣〉、〈唐虞之道〉的特殊性，非楚色彩提供參考證據

釋　聖　　▨華岳碑（汗5.65）　　▨華嶽碑（四4.36）

常見楚系「聖」字從耳、從口、壬聲作▨（郭店‧老甲12）、▨（上博六‧競7），或「壬」旁省為土形作▨（上博二‧民11）、▨（上博七‧武12），清華簡亦見加「丁」聲或「心」旁作▨（清華五‧三壽07）、▨（清華五‧三壽13）、▨（清華五‧三壽19）。

上博楚簡《緇衣》簡10、簡11：「未見△（聖），女（如）丌=（其其）弗克見。」△作▨，考釋者陳佩芬先生隸定作「耵」，讀為「聖」。〔註72〕△讀為聖，文從字順。〔註73〕〈緇衣〉簡11此「聖」字的寫法第一次出現，較為特殊，和常見的楚簡寫法相較，應是增添了羨符「口」，並和「壬」形結合（「壬」並省左上「丿」筆），從而似「古」形。郭店簡《唐虞之道》有一「聖」字作▨（郭店‧唐虞15），和常見的楚簡寫法亦有別，增添了羨符「口」和「壬」旁兩側加飾筆。〔註74〕

〔註70〕睡虎地秦墓竹簡整理小組編：《睡虎地秦墓竹簡》，釋文頁134。

〔註71〕字形引方勇：《秦簡牘文字編》（福州：福建人民出版社，2012.12），頁399。

〔註72〕馬承源主編：《上海博物館藏戰國楚竹書（一）》，釋文頁186、圖版頁55。

〔註73〕此句意思為「人們沒有看到聖德典範的時候，就覺得自己永遠不可能見到。」參季師旭昇先生主編、陳霖慶、鄭玉姍、鄒濬智合撰《上海博物館藏戰國楚竹書（一）讀本》（台北：萬卷樓圖書股份有限公司，2004.7），頁108。

〔註74〕曾憲通、陳偉武主編：《出土戰國文獻字詞集釋》，卷十二，頁6099。

　　《汗簡》、《古文四聲韻》「聖」字錄《華嶽碑》作 、 二形，雖右上的「口」形寫訛，但和上述〈緇衣〉簡 11「聖」字作 仍可對應，和〈唐虞之道〉 亦有相近之處。《古文四聲韻》「聖」字另見引《古孝經》作 （四4.36），亦和〈緇衣〉「聖」字 相類，「口」形寫訛似「目」形。

　　《汗簡》、《古文四聲韻》「聖」字增添「口」形的寫法和常見的楚簡寫法有別，和上博楚簡《緇衣》、郭店簡《唐虞之道》較為相合；由於學術界認為上博簡《緇衣》、郭店簡《唐虞之道》是具有齊系文字特點的抄本，《汗簡》、《古文四聲韻》「聖」字存在二個口形的寫法，為上博楚簡《緇衣》、郭店簡《唐虞之道》的特殊性提供參考證據。由於上博簡《緇衣》、郭店簡《唐虞之道》「聖」字寫法與楚簡寫法明顯有別，那其來源為何？換言之，其地域和國別為何？是否具齊系特點？

　　檢視出土材料，晉系「聖」字同常見的楚文字从耳、从口、壬聲作 （溫縣 WT4K5:13）、（中山王方壺）。齊系文字除从耳、从口、壬聲作 （陳卿聖孟戈），亦見同上博簡《緇衣》、郭店簡《唐虞之道》和《汗簡》、《古文四聲韻》「聖」字有二個「口」形的寫法，例如春秋晚期的「齊」器〈鼄弔之仲子平鐘〉「聖」字作 〔註75〕，《金文編》摹作 〔註76〕；又如春秋晚期的「齊」器〈洹子孟姜壺〉「聖」字作 （）〔註77〕，亦有二個「口」形，和上博楚簡《緇衣》 相類，只多了「土」形。就目前出土材料，可知上博簡《緇衣》、郭店簡《唐虞之道》「聖」字寫法和齊系的寫法較為符合。〔註78〕

伍、結　語

　　（一）楚系文字是目前出土數量最多的，經本文之比對，發現楚系文字和《華嶽碑》古文在「形體結構」的對應或是「書寫風格」的相合方面並沒有明顯高於「齊系」或「晉系」，此為值得關注的現象。另，二十個字例中有 7 個字例和東土文字「某一系」或「二系以上」的書寫風格相合，可見《汗簡》、

〔註75〕此形引自董蓮池：《新金文編》（北京：作家出版社，2011.10），頁 1589。

〔註76〕容庚編著、張振林、馬國權摹補《金文編》（北京：中華書局，1985.7），頁 772。

〔註77〕此形引自孫剛：《齊文字編》，頁 305。

〔註78〕馮勝君曾提出「上博簡《緇衣》和《唐虞之道》在表示『聖』這一含義的時候，用字習慣具有比較明顯的齊系文字特徵」。見馮勝君：《郭店簡與上博簡對比研究》，頁 301。

《古文四聲韻》古文經輾轉傳抄，雖有不少問題，但某種程度可反映戰國東土古文的面貌，仍可合理釋讀。

（二）《華嶽碑》古文有些字例雖有所寫訛，但仍可在東土「二系以上」古文的形體結構找到對應，例如「天（宎）」、「主（宔）」二字，同時和「齊系、楚系、晉系」形體結構可對應；這些字例雖然並不專屬於某一個國別的特殊構形或寫法，但透過進一步和《說文》小篆、商周甲金文的比勘，可以確認其是屬於「典型古文」，是東土古文新興的寫法。本文透過比對，將「典型古文」和「非典型古文」的身分予以區隔，俾使《華嶽碑》古文的面貌和來源更為清晰，是具有意義的。

（三）《華嶽碑》古文不僅保留了戰國東土古文的用字習慣，亦見西土秦文字的用字，亦有將《說文》篆文誤混為古文等現象，說明了《汗簡》、《古文四聲韻》古文經歷代輾轉傳抄，後人節錄、後代翻刻等因素，存在多頭來源的現象，需以謹慎和不同的角度去看待和梳理，方能取其精華，棄其糟粕，發揮其在出土和傳世文獻的價值。

陸、參考文獻（依筆畫為序）

一、古　籍

1. 〔東漢〕許慎記、〔南唐〕徐鉉等校定：《說文解字》（北京：中華書局，1985 年《叢書集成初編》影印《平津館叢書》本）。
2. 〔宋〕夏竦撰：《古文四聲韻》（北京：北京圖書館出版社，2003.7 據中國國家圖書館藏宋刻本影印）。
3. 〔宋〕夏竦撰：《古文四聲韻》（台北：台灣商務出版社，1983《景印文淵閣四庫全書》據國立故宮博物院藏本影印）。
4. 〔宋〕夏竦：《古文四聲韻》（台北：學海出版社股份有限公司，1978.5 據光緒十年《碧琳瑯館叢書本》影印）。

二、近人論著專書

1. 山西省文物工作委員會：《侯馬盟書》（台北：里仁書局，1980.10）。
2. 方勇：《秦簡牘文字編》（福州：福建人民出版社，2012.12）。
3. 白於藍：《簡牘帛書通假字字典》（福州：福建人民出版社，2008.1）。
4. 古文字詁林編纂委員會：《古文字詁林（第五冊）》（上海：上海教育出版社，2004.12）。

5. 李孝定：《甲骨文字集釋》（台北：中央研究院歷史語言研究所，1991.3，《中央研究院歷史語言研究所專刊之五十》）。

6. 李學勤主編：《字源（中）》（天津：天津古籍出版社，2012.12）。

7. 李家浩《著名中年語言學家自選集‧李家浩卷》（合肥：安徽教育出版社，2002.12）。

8. 何琳儀：《戰國文字通論（訂補）》（安徽：江蘇教育出版社，2003.1）。

9. 何琳儀：《戰國古文字典（上冊）》（北京：中華書局，1998.9）。

10. 李師旭昇先生：《說文新證（上冊）》（臺北：藝文印書館，2002.10）。

11. 季師旭昇先生主編、陳霖慶、鄭玉姍、鄒濬智合撰《上海博物館藏戰國楚竹書（一）讀本》（台北：萬卷樓圖書股份有限公司，2004.7）。

12. 容庚編著、張振林、馬國權摹補《金文編》（北京：中華書局，1985.7）。

13. 徐中舒主編、漢語大字典字形組編：《秦漢魏晉篆隸字形表》（四川：四川辭書出版社，1985.8）。

14. 馬承源主編《商周青銅器銘文選（第四卷）──東周青銅器銘文釋文及注釋》（北京：文物出版社，1990.4）。

15. 馬承源主編：《上海博物館藏戰國楚竹書（一）》（上海：上海古籍出版社，2001.11）。

16. 孫剛：《齊文字編》（福州：福建人民出版社，2010.1）。

17. 張振謙：《齊魯文字編》（北京：學苑出版社，2014.1）。

18. 張守中：《中山王礨器文字編》（北京：中華書局，1981）。

19. 張鵬蕊：《齊系文字字根研究》（臺北：國立臺灣師範大學國文學系碩士論文，2020.10）。

20. 陳漢平：《屠龍絕緒》第 7 輯（哈爾濱：黑龍江教育出版社，1989.10）。

21. 陳昭容：《秦系文字研究》（臺北：中央研究院歷史語言研究所，2003.7）。

22. 黃錫全：《汗簡注釋》（台北：台灣古籍出版有限公司，2005.1）。

23. 馮勝君：《郭店簡與上博簡對比研究》（北京：線裝書局，2007.5）。

24. 馮勝君：《論郭店簡〈唐虞之道〉、〈忠信之道〉、〈語叢〉一～三以及上博簡〈緇衣〉為具有齊系文字特點的抄本》，（北京凱發國際首頁入口博士後研究工作報告，2004.08）。

25. 曾憲通、陳偉武主編：《出土戰國文獻字詞集釋》（北京：中華書局，2018.12）。

26. 湖北省文物考古研究所、北京大學中文系編：《望山楚簡》（北京：中華書局，1995.6）。

27. 董蓮池：《新金文編》（北京：作家出版社，2011.10）。

28. 睡虎地秦墓竹簡整理小組編：《睡虎地秦墓竹簡》（北京：文物出版社，1990.9）。

29. 劉翔、陳抗、陳初生、董琨編著、李學勤審訂《商周古文字讀本》（北京：語文出版社，1989.9）。

30. 羅福頤主編：《古璽彙編》（北京：文物出版社，1994.6）。

三、期刊論文

1. 于省吾：〈鄂君啟節考釋〉，《考古》1963 年 8 期，頁 442～447。

2. 林清源：〈傳抄古文「示」部疏證十九則〉，《成大中文學報》第 64 期（2019.3）。

3. 徐富昌：〈戰國楚簡異體字類型舉隅——以上博楚竹書為中心〉，《臺大中文學報》第 34 期（2011.06）。

4. 徐在國：〈古陶文字釋叢〉，《古文字研究（第二十三輯）》（北京：中華書局，2002.6）。

5. 黃盛璋：〈關於侯馬盟書的主要問題〉，《中原文物》第 2 期（1981）。

6. 黃盛璋：〈中山國銘刻在古文字、語言上若干研究〉，《古文字研究》第 7 輯（北京：中華書局，1982.6）。

7. 黃盛璋：〈包山楚簡中若干重要制度發復與爭論未決諸關鍵字解難、決疑〉，《湖南考古輯刊》第 6 輯（長沙：湖南省文物考古研究所，1994）。

四、學位論文

1. 李春桃：《傳抄古文綜合研究》（長春：吉林大學博士學位論文，2012.06）。

2. 孫合肥：《戰國文字形體研究》（合肥：安徽大學博士學位論文，2014.10）。

3. 林清源：《楚國文字構形演變研究》（台中：東海大學博士學位論文，2014.10）。

4. 李綉玲：《《古文四聲韻》古文探賾》（嘉義：國立中正大學中國文學研究所博士論文，2009.7）。

五、網站論文

1. 中央研究院數位典藏資源網，2022/08/19，https://digiarch.sinica.edu.tw/content/repository/resource_content.jsp?oid=1811420&queryString=%E9%82%BE%E5%85%AC%E7%89%BC%E9%90%98

2. 《教育部重修國語辭典修訂本》，2022/08/11，https://dict.revised.moe.edu.tw/dictView.jsp?ID=7993&q=1&word=%E4%B8%BB

3. 《教育部異體字字典》，2022/08/13，https://dict.variants.moe.edu.tw/variants/rbt/word_attribute.rbt?quote_code=QTA0MzY5LTAyNw#58

因用字異體關係所形成之
異形詞組研析（之三）

鄒濬智

中央警察大學通識教育中心教授

作者簡介

　　鄒濬智，1978 年生，臺灣南投人，國立政治大學中文學士，國立臺灣師範大學國文系碩士與博士，中央研究院歷史語言研究所訪問學人，教育部網路國語辭典異形詞工作小組副召集人，現任中央警察大學通識教育中心教授。專長為漢語語言文字學、民間信仰及習俗、歷史警察文獻學、國學跨領域應用等。共著有（含合著）學術著作十二種、國學推廣著作十四種、教科書（講義）六種，單篇論文一百二十餘篇。

提　要

　　所謂的異形詞，指的是同音同義而不同形的詞。異形詞的存在對訊息的傳遞及語文的學習都產生困擾，故教育部國家教育研究院國語辭典編審會為此成立「異形詞審議小組」，對臺灣地區流行的五百多組異形詞進行辨析。

　　筆者發現在這五百多組異形詞中，約有二十餘組係因採用異體字而形成之異形詞，除先於「國家教育研究院 108 年教育部國語辭典應用論壇」發表其中六組、《國防大學通識教育學報》第 11 期發表其中七組，今再就其中九組進行研析，同時以之為例，說明小組工作在判別異形詞確立之標準，以及如何在因異體字而形成之異形詞中推薦適合流通的詞形。

一、前　言

　　〔漢〕許慎撰《說文解字》，以秦篆為字頭，間存古籀以及戰國古文，共收九三五三字，開漢字字形整理之先。此後，有意識整理漢字的字書代出，如《玉篇》、《廣韻》、《集韻》、《類篇》等。漢字既非一時一地一人所造作，因而有同義異形、同形異義、繁而刪簡、由簡增繁等各種情況。除了自身的演變之外，漢字歷經抄寫、版刻、印刷、演繹等流傳過程，形體上也產生複雜紛歧的各種現象。一字之形，或俗字、或訛字、或雜體、或別體，使用上若已約定俗成，流通甚廣，自然被收入字書；既然賦予其歷史定位，後人便不好刪去，因而歷代字、韻書所收字形各有增益。直到清代《康熙字典》，漢字字形已經積累有四萬餘，《中文大辭典》之字數更接近五萬。〔註1〕

　　五萬多個漢字中，存在音義近同字群，這些音義近同字群，粗分之有古今字、異體字、通同字三種——一個字在不同時期有不同寫法，形成「古今字」，時間上較早的叫「古字」或「本字」，時間較後的叫「今字」或「分化字」、「分別字」、「後起字」；官方公布的叫「正字」，「正字」的其他寫法稱為「異體字」；在音同、音近及形近的基礎上，意義相同而可以代換使用的稱為「通同字」。〔註2〕本文所言「異體字」，指的是對應今日教育部公布正字表所載錄「正字」的其他寫法。教育部正字表計有《常用國字標準字體表》（教育部，1982 年 9 月）、《次常用國字標準字體表》（教育部，1982 年 10 月）、《罕用字體表》（教育部，1982 年 10 月）三種。

　　「異形詞」，指的是漢語的書寫過程中，出現同一個詞卻存在不同的寫法；不同地域、不同人群、不同時代使用不同字形來記錄字形，造成詞的異形。〔註3〕廣義的「異形詞」指兩詞同音、同義但異形；狹義的異形詞更要求兩詞之間連詞構都必須相同。本文採廣義定義——兩詞既滿足同音、同義、異形三條件，又同時流行的複音詞，即互為異形。〔註4〕同音，指的是兩詞形各字的聲、韻、調皆

〔註 1〕參教育部網路《異體字字典》許學仁老師〈序〉，http://dict.variants.moe.edu.tw/variants/rbt/page_content3.do?pageId=2981892。

〔註 2〕廣義的「通同字」包括通假字、古今字、異體字。

〔註 3〕趙克勤：《古漢語詞彙概要》（杭州：浙江教育出版社，1987 年），頁 71。

〔註 4〕巫俊勳：〈異形詞整理工作概述〉，《「國家教育研究院 108 年教育部國語辭典應用論壇」會議手冊》（臺北：國家教育研究院，2019 年 8 月 13 日），頁 62～63。本會議宣讀用論文經徵得作者同意後引用。

相同（部分因古今音變而存在字音略異者亦一併納入考量）；同義，指的是兩詞形詞義相同且在各種語境之中皆可互換無礙；異形，指的是兩詞形之不同用字，各既是中華民國教育部規範的正字，又各自有獨立音義。〔註5〕

　　異形詞的存在，造成一般社會大眾使用當下產生疑義，不利訊息的傳播；更對第一線國語文教育者造成嚴重困擾，形成語文學習與應用的困難。〔註6〕是以教育部國家教育研究院國語辭典編審會為此成立「異形詞審議小組」，針對院屬各網路電子辭典中的異形詞進行整理、辨析，並提出推薦詞形。工作小組推薦詞形係依〈國家教育研究院語文教育及編譯中心中文異形詞審訂工作說明〉，根據各專業領域規範用法、詞頻高低（普遍原則）、貼合詞義或詞源（理據原則）、顧及使用同詞素的其他異形詞組系統一致性（統一原則）等條件進行詞形推薦。目前已完成五百餘組的異形詞審訂與推薦，刻正籌劃撰寫辨析說明、出版辨析手冊中。由於本工作主要針對現代漢語的異形詞組進行詞形推薦，首先考量被推薦詞形是否被普遍使用（積極條件），同時尊重各專業規範用法（積極條件），亦顧及到被推薦詞形的表義高直觀度及其與相關異形詞組被推薦詞形的一致性（積極條件），若詞源較早則更佳（消極條件）。但總有某些詞組詞形間彼此條件相當、難以抉擇推薦詞形的情況，小組儘可能綜合比較所有條件進行推薦。

　　筆者已於「國家教育研究院108年教育部國語辭典應用論壇」〔註7〕及《國防大學通識教育學報》第 11 期發表其中有關因用字異體關係而形成之異形詞組之研析計十六組。今就新整理出之九組進行研析，同時以之為例，說明小組工作在判別異形詞確立之標準，以及如何在因異體字而形成之異形詞中推薦適合流通的詞形。〔註8〕

〔註5〕本定義係根據教育部國家教育研究院國語辭典編審會「異形詞審議小組」民國111年 4 月14日修訂版〈異形詞辨析說明撰寫體例〉。「異形詞」與「異體詞」不同，不可混淆；同一組異形詞必須詞構相當，如「消夜／宵夜」；但同一組異體詞之間只要詞素相當即可，如「宵夜／夜宵」。

〔註6〕李行健主編：《現代漢語異形詞規範辭典》（上海：上海辭書出版社，2011 年 2 月），序頁 2。

〔註7〕該篇增補逾三分之一後（由六組增為九組），以〈因用字異體關係所形成之異形詞初探〉篇名發表於《警察通識叢刊》14期，2021 年 12 月。本文關於異形詞審議小組之工作等背景說明，亦參見該篇。

〔註8〕本文推薦之詞形與「異形詞審議小組」審議結果近同，但推薦原因間有與小組會議不同之個人意見，合先敘明。

二、因異體字關係而形成之異形詞組辨析

（一）名詞類〔註9〕

1. 番薯／番藷〔註10〕

「番薯」、「番藷」，亦作「甘薯」、「甘藷」，音讀為ㄈㄢˉ　ㄕㄨˇ。二者具有相同的音義及用法，僅用字不同，互為異形詞。

由詞義分析，「番薯」、「番藷」中的「薯」、「藷」都是植物名。探究二字之字義源流：「薯」字未見於漢代的《說文解字》，遼代的《龍龕手鑑》云：「根可食」，宋代重修的《玉篇》則解釋為藥名，指薯蕷（音讀為ㄩˋ），即今日所稱山藥。後來以「薯」字泛指薯類作物。「藷」字見於《說文解字》：「藷，藷蔗也。從艸諸聲」，本義為甘蔗，音讀為ㄓㄨ。「藷」又音ㄕㄨˇ，清代方成珪的《集韻考正》：「或作薯」。依教育部網路《異體字字典》，在表示可食的根莖類作物時，「藷」、「薯」二字互為異體字。〔註11〕

由詞源分析，「番薯」一詞最早見於清代俞樾的《茶香室三鈔・番藚》：「明李日華《紫桃軒又綴》云：『蜀僧無邊，貽余一種，如蘿蔔而色紫，煮食，味甚甘，云此普陀巖下番藚也……』按，此蓋即所謂番薯也。藚與薯，一聲之轉耳。」「番藷」一詞最早見於明代徐光啟的《農政全書》：「山藷，形魁壘；番藷，形圓而長。其味，則番藷甚甘，山藷為劣耳。」〔註12〕

「番薯」、「番藷」中的「薯」、「藷」都是植物名，皆貼合詞義，惟「薯」字音符偏旁「署」亦讀為ㄕㄨˇ，表音功能較「藷」所從之「諸」（ㄓㄨ）要強，且現今「番薯」、「豆薯」、「樹薯」、「馬鈴薯」等根莖類作物亦多用「薯」字，故以「甘薯」為推薦詞形。

〔註9〕各類詞組排列之順序，首依注音，次依筆劃。

〔註10〕「異形詞審議小組」原擬定本條異形詞組為此種植物正式學名：「甘薯／甘藷」，然古典文獻多稱「番薯／番藷」，故本文改採「番薯／番藷」詞形進行辨析。

〔註11〕網址 https://dict.variants.moe.edu.tw/variants/rbt/home.do，下不另註。

〔註12〕本文引用之歷代古典文獻句例及詞源，主要係根據教育部：網路「重編國語辭典修訂本」，（http://dict.revised.moe.edu.tw/cbdic/index.html）、教育部：「異體字字典」、故宮東吳：「數位《古今圖書集成》」(http://192.83.187.228/gjtsnet/index.htm)、香港商務印書館：電子版《漢語大詞典》繁體 2.0 版，（2006 年 1 月）、中央研究院：「漢籍電子文獻」（http://hanchi.ihp.sinica.edu.tw/ihpc/hanjiquery）及「中國哲學書電子化計劃」（https://ctext.org/zh），下不另註。

2. 蛋卷 / 蛋捲 〔註13〕

「蛋卷」、「蛋捲」皆指用雞蛋、麵粉等原料調勻烘焙而成的長條卷曲食品，作名詞用，音讀為ㄉㄢˋ　ㄐㄩㄢˇ。二者具有相同的音義及用法，僅用字不同，互為異形詞。

由詞義分析，「蛋卷」、「蛋捲」中的「卷」、「捲」指的是形狀卷曲之物。探究二字之字義源流：「卷」，商代金文作 𘝋（卷且乙爵）、秦隸作 卷（睡虎地秦簡4.10），漢代的《說文解字》：「卷，卻曲也，从卩，关聲」釋形無誤。〔註14〕「卷」本指膝彎曲，音讀為ㄑㄩㄢˊ，引申指裹曲質地軟之物品，如《詩經·邶風·柏舟》：「我心匪席，不可卷也。」音讀為ㄐㄩㄢˇ，又指形狀卷曲之物，如漢代劉安等編《淮南子·兵略》：「故得道之兵……鼓不振塵，旗不解卷。」「捲」最早見於《說文解字》：「捲，气勢也。从手卷聲。《國語》曰：『有捲勇。』一曰捲，收也。」宋代徐鉉、徐鍇注：「今俗作居轉切，以為捲舒之捲。」「捲」指氣勢，音讀為ㄑㄩㄢˊ，當動詞用，指捲收，音讀為ㄐㄩㄢˇ，後又由此引申指形狀卷曲之物，如清代劉鶚的《老殘遊記》：「把翠環的鋪蓋捲也搬走了。」依教育部網路《異體字字典》，在表示捲收、捲曲之物時，「卷」為「捲」之異體。「蛋卷」、「蛋捲」為當代詞彙，無古典書證。

「蛋卷」、「蛋捲」中的「卷」、「捲」都指形狀卷曲之物，皆貼合詞義。雖然「捲」、「卷」於此皆作名詞義使用，惟就現今語用，已有分化趨勢，名詞義多用「卷」，動詞義多用「捲」，故以「蛋卷」為推薦詞形。相關的詞語如「膠卷／膠捲」、「手卷／手捲」、「微卷／微捲」、「銀絲卷／銀絲捲」亦然，分別以「膠卷」、「手卷」、「微卷」、「銀絲卷」為推薦詞形。

3. 周邊、週邊 〔註15〕

「周邊」、「週邊」皆可表示四周、周圍的意思，音讀為ㄓㄡ　ㄅㄧㄢ。二者具有相同的音義及用法，僅用字不同，互為異形詞。

由詞義分析，「周邊」、「週邊」中的「周」、「週」皆指四面、周圍之意。探究

〔註13〕「異形詞審議小組」分配本組異形詞之辨析由陳嘉凌學姐主撰。但筆者與陳學姐見解不全然相同，故筆者另撰本條。

〔註14〕古文字形及部分字形分析見「小學堂」，https://xiaoxue.iis.sinica.edu.tw/及季師旭昇：《說文新證（上）、（下）》，臺北：藝文印書館，2002、2004年（福建人民出版社另有修訂本，2010年出版），下不另註。

〔註15〕同註13。

二字之字義源流：「周」字，商代甲骨文作 ▦（甲 3536）、▦（乙 7312），西周金文或加「囗」形作 ▦（保卣），或省略諸點作 ▦（無叀鼎），本象田疇之形，後假借為方國名；戰國文字有變形从「用」者，如 ▦（齊・璽彙 3028），所以漢代的《說文解字》才會說：「▦，密也。从用、口。」李孝定指出甲骨文「周」字表密致周帀之象〔註16〕，筆者以為然；正因字象田疇連綿，也有周密之義，所以許慎才會以「密」釋義。由於「周」有周密義，後引申出周遍、環繞的意思，如《易經・繫辭上》：「知周乎萬物，而道濟天下」及《楚辭・九歌》：「鳥次兮屋上，水周兮堂下」所見，又於此引申指特定區域之外圍。「週」未見於《說文解字》，宋代重修的《玉篇》釋為迴、環繞，又引申指特定區域之外圍，如明代施耐庵的《水滸傳》第四回：「淨髮人先把一週遭都剃了。」依教育部網路《異體字字典》，在表示周遍義時，「週」為「周」之異體。張文彬老師云：

> 「週」為「周」字部分異體。音ㄓㄡ。
>
> 「周」之本義為「密」，另有「匊」字，為「帀徧」之義，後來，「匊」以同音通假，其義遂為「周」字所吸收，「周」行而「匊」廢。所以現在「周」義大致有兩大類：一、完密、周密。二、周徧、圜周。「週」之通「周」，多屬第二類義，故為部分異體。「週」本身亦為常用字，《玉篇・辵部》云：「週，迴也。」其餘意義多與「周」字相通相同。《正字通・辵部》云：「週，俗周字。」《康熙字典・辵部》云：「《玉篇》職由切。與周同。」《異體字字典》收「週」為「周」之異體字可信。

「周邊」、「週邊」為當代詞彙，無古典書證。

「周邊」（124769）、「週邊」（17741）〔註17〕中的「周」、「週」都有四面、周圍的意思，皆貼合詞義，惟「周邊」現今使用較為普遍，故以「周邊」為推薦詞形。相關的詞語如「周遭／週遭」、「周圍／週圍」、「四周／四週」亦然，分別以「周遭」、「周圍」、「四周」為推薦詞形。

〔註16〕李孝定：《金文詁林讀後記》（臺北：中央研究院歷史語言研究所歷史文物陳列館，1992 年 12 月 1 日），頁 26。

〔註17〕本文所謂今日大眾使用習慣，係根據詞頻——今人使用頻率。詞頻係由「異形詞審議小組」工作人員利用「國教院語料索引典系統」（http://120.127.233.230/cqpweb）統計自 1999～2007 年《中國時報》及《聯合報》新聞語料庫所得。

4. 朱砂／硃砂〔註18〕

「朱砂」、「硃砂」又稱「丹砂」、「朱沙」，皆指水銀與硫黃的天然化合物，成分為硫化汞，色深紅，多成礦脈或浸染礦體，產於板岩、頁岩、砂岩或石灰岩中，無毒，不溶於水，可供提煉水銀及製造硃汁，中醫領域或當鎮靜劑用。音讀為ㄓㄨ　ㄕㄚ。二者具有相同的音義及用法，僅用字不同，互為異形詞。

由詞義分析，「朱砂」、「硃砂」中的「朱」、「硃」均可表示大紅色的意思。探究二字的字義源流：「朱」字，商代甲骨文作 ✦（珠121），西周金文作 米（吳方彝蓋），秦隸作 朱（睡虎地秦簡39.140），字本表「束」義，假借為赤紅色，所以漢代《說文解字》才會釋：「米，赤心木，松柏屬。」以「朱」表大紅色者如《論語・陽貨》：「惡紫之奪朱也，惡鄭聲之亂雅樂也。」「硃」字未見於《說文解字》，宋代重修的《廣韻》云：「硃，硃研、朱砂。」「硃」即「朱砂」，「硃」字後與「砂」字合用成詞，亦指「朱砂」，因而「硃」字又同「朱」字，有大紅色的意思，如明代湯顯祖的《牡丹亭・駭變》：「咳呀！這草窩裏不是硃漆板頭？」依教育部網路《異體字字典》，在表示硃砂義時，「朱」為「硃」字異體。

由詞源分析：「朱砂」一詞最早見於晉代葛洪的《抱朴子・黃白》：「朱砂為金，服之昇仙者上士也。」「硃砂」一詞最早見於元代無名氏《硃砂擔》：「苦奔波，枉生受。有誰人肯搭救。單只被幾顆硃砂送了我頭。」

「朱砂」（295）、「硃砂」（666）中的「朱」、「硃」均可表示紅色的意思，皆貼合詞義，考量「朱砂」雖出現較早，但「硃砂」為用字偏旁類化的結果，且於現今使用較為普遍，故同時以「朱硃」和「硃砂」為推薦詞形。相關的詞語「朱筆／硃筆」亦然，同時以「朱筆」、「硃筆」為推薦詞形。

（二）動詞類

1. 摺疊／折疊

「摺疊」、「折疊」都有折起疊合的意思，音讀為ㄓㄜˊ　ㄉㄧㄝˊ。二者具有相同的音義及用法，僅用字不同，互為異形詞。

〔註18〕「異形詞審議小組」分配本組異形詞之辨析由楊憶慈老師主撰。但筆者與楊教授見解不全然相同，故筆者另撰本條。

由詞義分析,「摺疊」、「折疊」中的「摺」、「折」指折起。探究二字之字義源流:「摺」字見於漢代的《說文解字》:「 [篆], 敗也。从手習聲」, 引申有折斷之義,如《史記‧范雎蔡澤列傳》:「魏齊大怒,使舍人笞擊睢,折脅摺齒。」再由此引申出折合堆疊的意思,如北周的庾信〈鏡賦〉:「始摺屏風,新開戶扇。」「折」字,商代甲骨文作 [甲骨] (京都 3131),西周金文作 [金文] (虢季子白盤),秦隸作 [隸] (睡虎地日書乙種 255),本義為以「斤」斷「木」,後來斷木訛為二「中」形,《說文解字》才說:「 [篆], 斷也。从斤斷艸。」「折」本義是折斷,後來引申有拗折、對折的意思,如《後漢書‧郭符許列傳》:「嘗於陳、梁間行遇雨,巾一角墊,時人乃故折巾一角,以為林宗巾。」依教育部網路《異體字字典》,在表示折疊義時,「折」為「摺」之異體。

由詞源分析,「摺疊」一詞最早見於明代洪楩的《清平山堂話本‧簡貼和尚》:「再把一張紙摺疊了,寫成封家書。」「折疊」一詞最早見於清代姚燮的《雙鳩篇》:「脫妾金縷衣,為郎折疊空竹箱。」

「摺疊」(5318)、「折疊」(5034)中的「摺」、「折」均有折起的意思,皆貼合詞義,且二者在今日使用上的流行程度幾無差別,故同時以「摺疊」、「折疊」為推薦詞形。

2. 淬煉 / 淬鍊

「淬煉」、「淬鍊」皆指鍛造時將燒紅的金屬浸入水中,引申有修練、磨練義,音讀為ㄘㄨㄟˋ ㄌㄧㄢˋ。二者具有相同的音義及用法,僅用字不同,互為異形詞。

由詞義分析,「淬煉」、「淬鍊」中的「煉」、「鍊」有修練、磨練義,探究二字之字義源流:「煉」字最早見於漢代的《說文解字》:「 [篆], 鑠治金也。从火,柬聲。」本指高溫鎔冶金屬,後由此引申出提煉、炮製的意思,如唐代沈佺期的〈過蜀龍門〉詩:「勢將息機事,煉藥此山東。」「鍊」字最早亦見於《說文解字》:「 [篆], 冶金也。从金,柬聲。」本指冶金提煉,後亦有以火久熬,炮製藥石的意思,如南朝梁代江淹的〈雜體詩〉:「鍊藥矚虛幌,汎瑟臥遙帷。」依教育部網路《異體字字典》,在表示鎔冶、提煉、炮製義時,「鍊」為「煉」之異體。蔡信發老師云:

「鍊」為「煉」之異體。「煉」之篆文作「 [篆]」,段注本《說文解字‧

火部》：「鑠治金也。從火東聲。」

「鍊」之篆文作「」，段注本《說文解字·金部》：「治金也。從金東聲。」按：「煉」、「鍊」俱見《說文》，然二字音義皆同，「煉」從火，示以火鑠之；「鍊」從金，示所治之者，所重不同，故取形亦異，然其質實無二致，是以《玉篇·火部·煉字》曰：「煉，治金也。今亦作『鍊』。」《四聲篇海·火部》並同，其說是，故可收。

「煉」、「鍊」本指鎔冶，因鎔治器物需反覆敲打研磨，故「煉」、「鍊」又引申有修練、磨練義，如明代的王世貞《藝苑卮言》：「千煉成句」，「千煉」指多次的磨練；又《宋史·甄棲真傳》：「因授鍊形養元之訣」，「鍊形」指修練肉體。「淬煉」、「淬鍊」為當代詞彙，無古典書證。

「淬煉」（936）、「淬鍊」（1037）中的「煉」、「鍊」都有修練、磨練義，皆貼合詞義，「淬煉」、「淬鍊」現今使用亦皆相當普遍，故同時以「淬煉」、「淬鍊」為推薦詞形。

3. 喧譁 / 喧嘩

「喧譁」、「喧嘩」都有大聲講話、叫喊，吵鬧的意思，音讀為ㄒㄩㄢ ㄏㄨㄚˊ。二者具有相同的音義及用法，僅用字不同，互為異形詞。

由詞義分析，「喧譁」、「喧嘩」中的「譁」、「嘩」都有大聲喧鬧、吵雜的意思。探究二字之字義源流：「譁」字最早見於漢代的《說文解字》：「，讙也。從言，華聲」，本義指吵鬧，如《書經·費誓》：「嗟，人無譁，聽命。」「嘩」字未見於《說文解字》，宋代郭忠恕的《汗簡》收有傳抄古文字形（四2.11）；遼代的《龍龕手鑑》以為「嘩」是「譁」字的俗體、宋代的《集韻》以為「譁」或從口。「嘩」音讀為ㄏㄨㄚ，狀聲詞，形容人多聲雜或東西倒塌散落之聲音，如《聊齋志異·河間生》：「入酒肆，見坐客良多，聚飲頗嘩。」也可表示大聲喧鬧、吵雜，音讀為ㄏㄨㄚˊ，教育部網路《異體字字典》認為於此「嘩」為「譁」之異體。金周生老師云：

「嘩」為「譁」之異體。譁，《說文解字·言部》：「，讙也。從言，華聲。」《集韻·平聲·麻韻》收「譁嘩」二字，注云：「讙也。或從口。」《康熙字典·言部》「譁」下注亦引《集韻》之說，以為「或作嘩。」《中文大辭典·口部》、《漢語大字典·口部》「嘩」下

都云與「譁」同。按：嘩為後起改換形符之新形聲字，音義與「譁」

相同，故當為「譁」之異體字。

由詞源分析，「喧譁」一詞最早見於東漢徐幹的《中論・覈辯》：「雖美說，何異乎鴟之好鳴、鐸之喧譁哉？」「喧嘩」一詞最早見於元代關漢卿的《單刀會》第三折：「不許交頭接耳，不許笑語喧嘩。」

「喧譁」（1430）、「喧嘩」（3515）中的「譁」、「嘩」都有大聲喧鬧、吵雜的意思，皆貼合詞義，但「喧譁」出現時間較早，且在表示大聲喧鬧、吵雜時，以「譁」字為正字，故以「喧譁」為推薦詞形。

（三）形容詞

1. 模稜／模棱

「模稜」、「模棱」都有態度、意見或語言含糊不定的意思，音讀為ㄇㄛˊㄌㄥˊ。二者具有相同的音義及用法，僅用字不同，互為異形詞。

由詞義分析，「模稜」、「模棱」中的「稜」、「棱」都可指物體面上凸起或面與面之交接處的意思。探究二字之字義源流：「稜」字未見於漢代的《說文解字》，東漢魯峻碑留有字形作稜；遼代的《龍龕手鑑》：「稜，廉威。」意指威嚴，後可指物體面上凸起或面與面之交接處，如唐代劉禹錫的〈九華山歌〉：「君不見敬亭之山黃索漠，兀如斷岸無稜角」、唐代王建的〈同于汝錫賞白牡丹〉詩：「統心黃倒暈，側面紫重稜。」「棱」字，戰國齊文字作 ▨（璽彙3127）、▨（陶彙3.61），《說文解字》：「棱，柧也。」大宋重修的《廣韻》：「楞，四方木也。棱，上同。」清代段玉裁注《說文》引《通俗文》曰：「木四方為棱，八棱為柧。」「棱」本指木材四角交接處，後泛指面與面的交接處。依教育部網路《異體字字典》，在表示面與面交接處時，「棱」為「稜」之異體。李殿魁老師云：

「棱」為「稜」之異體。《說文解字・木部》：「棱：柧也，從木夌聲，魯登切。」澤存堂本《玉篇・禾部》：「稜，盧登切，俗棱字。」《四聲篇海》同。《漢語大字典・禾部》：「稜，同棱，棱角。」可收。

「棱」，今標準字體作「棱」。

「稜」、「棱」在與「模」字構詞時都可以表示模樣、外形相似，引申可指態度、

意見或語言含糊不定。

　　由詞源分析，「模稜」一詞最早見於宋代陸游〈老健〉詩：「不怪模稜嗤了了，但驚紆轡勸徐徐。」「模棱」一詞最早見於《明史·余珊傳》：「堅白異同，模棱兩可，是蓋大奸似忠，大詐似信。」

　　「模稜」（1086）、「模棱」（53）中的「稜」、「棱」都可指物體面上凸起或面與面之交接處，皆貼合詞義，但「模稜」出現時間較早，且現今使用較為普遍，故以「模稜」為推薦詞形。

2. 凶惡／兇惡〔註19〕

　　「凶惡」、「兇惡」都有殘暴惡毒的意思，音讀為ㄒㄩㄥ　ㄜˋ。二者具有相同的音義及用法，僅用字不同，互為異形詞。

　　由詞義分析，「凶惡」、「兇惡」中的「凶」、「兇」為殘暴、凶狠的意思。探究二字之字義源流：「凶」字，戰國楚文字作凶（楚·帛書乙本 7.22），秦隸作凶（睡虎地日書甲種 5），漢代的《說文解字》釋：「凶，惡也。象地穿交陷其中也。凡凶之屬皆从凶。」本義為惡、殘暴的意思，如《書經·泰誓中》：「凶人為不善，亦惟日不足。」「兇」字，戰國文字作凶（齊·璽彙 0094）、兇（楚·九店 56.28），秦隸作兇（日書乙種 107），《說文解字》釋：「兇，擾恐也。从人在凶下。」本義為驚擾恐懼，又同「凶」字而有惡、殘暴的意思，如《西遊記》第三回：「近因花果山生水簾洞住妖仙孫悟空者，欺虐小龍，強坐水宅，索兵器施法施威，要披掛騁兇騁勢。」依教育部網路《異體字字典》，在表示惡、殘暴時，「兇」為「凶」之異體。蔡信發老師云：

>　　「兇」為「凶」之異體。《說文解字·凶部》：「凶，惡也，象地穿交
>　　陷其中也。」「兇」字亦見《說文解字·凶部》，曰：「兇，擾恐也，
>　　從儿在凶下。」知「凶」與「兇」，形既有別，義亦相隔，分為二字
>　　畫然矣！至《干祿字書·平聲》始見二字互用，於「兇凶」下注云：
>　　「上通下正。」混二字為一字，乃同音假借故也。字書錄之已久，
>　　以「兇」為「凶」之異體，言之有據，故可收。

　　由詞源分析，「凶惡」一詞最早見於《戰國策·魏策四》：「今以臣凶惡，而

〔註19〕「異形詞審議小組」分配本組異形詞之辨析由賴金旺老師主撰。但筆者與賴教授見解不全然相同，故筆者另撰本條。

得為王拂枕席。」「兇惡」一詞最早見於《後漢書・清河孝王慶傳》:「恐襲其母兇惡之風,不可以奉宗廟,為天下主。」

「凶惡」(706)、「兇惡」(915)中的「凶」、「兇」都有惡、殘暴的意思,皆貼合詞義,惟「凶惡」見於較早文獻,又教育部網路《異體字典》有按語:「此字本義為惡,故如『凶惡』、『凶年』、『凶人』等詞,宜用「凶」。」因以「凶惡」為推薦詞形。相關表示惡、殘暴的詞語如「凶暴/兇暴」、「凶猛/兇猛」、「凶悍/兇悍」、「凶狠/兇狠」、「凶殘/兇殘」、「凶巴巴/兇巴巴」亦然,分別以「凶暴」、「兇猛」、「凶悍」、「凶狠」、「凶殘」、「凶巴巴」為推薦詞形。

三、結　語

(一)根據對大量異形詞的變化進行觀察的結果,若同一詞形中出現使用相同義符偏旁,這類異形詞的演變總體趨勢是——用字沒有統一義符偏旁的詞形將漸漸被已統一義符偏旁的詞形所取代(義符類化現象)。〔註20〕其原因在於人們書寫時會有意識的將詞形中不同詞素用字義符偏旁加以統一,以便記憶學習。因此,如果沒有特別的原因,這類異形詞的演變往往是義符偏旁未統一的詞形式微,已經統一的詞形流行。本文論及之「朱砂/硃砂」,依照詞源及用字正異體關係等條件,當僅推薦前者,但鑑於今日大量使用後一偏旁類化的詞形,故採共同推薦。在可見的未來,後者將取代前者,成為主要詞形。

(二)根據對大量異形詞的變化進行觀察的結果,不同用字間或字義與詞義有遠近的不同,則採用更加貼合詞義或更符合使用直觀性的本字或正字的詞形,將逐漸取代採用字義較遠於詞義的詞形(形義相符原則)。〔註21〕本文論及的「周邊/週邊」推薦「周邊」、「喧譁/喧嘩」推薦「喧譁」、「模稜/模棱」推薦「模稜」、「凶惡/兇惡」推薦「凶惡」,符合此一趨勢。

(三)根據對大量異形詞的變化進行觀察的結果,不同用字間的筆劃數懸殊,考量使用的簡便性,採用筆劃簡單之字的詞形會逐漸取代採用筆劃複雜之字的詞形;又不同用字間若皆為形聲字,各自聲符部件與今日字音有遠近差距,採用與今日字音近同之聲符者,其詞形將逐漸取代聲符與今日字音較遠者(易

〔註20〕鄒玉華:〈偏旁異形詞的演變及其規範〉,《語言文字研究》,2002 年 1 期,2002 年 2 月,頁 65。

〔註21〕范進軍:〈異體詞簡論〉,《湘潭師範學院學報》20 卷 4 期,1999 年 8 月,頁 118。

寫易記原則）。〔註22〕本文論及的「蛋卷／蛋捲」推薦「蛋卷」、「凶惡／兇惡」推薦「凶惡」、「番薯／番藷」推薦「番薯」，符合此一趨勢。

（四）雖然大部分異形詞組，可以透過詞源、詞頻、詞義等條件區分出何者較適合作為推薦詞形，但乃有少部分異形詞組，各詞形之各項積極、消極條件難分軒輊。故在未能觀察出各自具體高低優劣勢時，暫先共同推薦，如本文論及的「朱砂／硃砂」、「摺疊／折疊」、「淬煉／淬鍊」三組異形詞即是如此。

四、參考文獻

（一）專　書

1. 李行健主編：《現代漢語異形詞規範辭典》，上海：上海辭書出版社 2011 年 2 月。
2. 李孝定：《金文詁林讀後記》，臺北：中央研究院歷史語言研究所歷史文物陳列館，1992 年 12 月 1 日。
3. 季旭昇：《說文新證（上）》，臺北：藝文印書館，2002 年。
4. 季旭昇：《說文新證（下）》，臺北：藝文印書館，2004 年。
5. 徐中舒等：《漢語大字典》，成都、武漢：四川辭書出版社、湖北辭書出版社，1986～1990 年。
6. 楊春：《現代漢語中的異形詞》，北京：華夏出版社，2004 年 9 月。
7. 趙克勤：《古漢語詞彙概要》，杭州：浙江教育出版社，1987 年。

（二）期刊論文

1. 范進軍：〈異體詞簡論〉，《湘潭師範學院學報》20 卷 4 期，1999 年 8 月，頁 112～118。
2. 鄒玉華：〈偏旁異形詞的演變及其規範〉，《語言文字研究》，2002 年 1 期，2002 年 6 月，頁 61～65。
3. 鄒濬智：〈因用字異體關係所形成之異形詞組研析——續〉，《國防大學通識教育學報》11 期，2021 年 9 月，頁 69～78。
4. 鄒濬智：〈因用字異體關係所形成之異形詞初探〉，《警察通識叢刊》14 期，2021 年 12 月，頁 7～20。

（三）會議論文

1. 巫俊勳：〈異形詞整理工作概述〉，《「國家教育研究院 108 年教育部國語辭典應用論壇」會議手冊》，臺北：國家教育研究院，2019 年 8 月 13 日，頁 61～73。

〔註22〕范進軍：〈異體詞簡論〉，頁 118。

2. 鄒濬智：〈論由異體字所形成異形詞之辨析〉，《「國家教育研究院 108 年教育部國語辭典應用論壇」會議手冊》，臺北：國家教育研究院臺北院區，2019 年 8 月 13 日，頁 75～85。

（四）網路資料

1. 「中國哲學書電子化計劃」，https://ctext.org/zh。
2. 中央研究院：「漢籍電子文獻」，http://hanchi.ihp.sinica.edu.tw/ihpc/hanjiquery。
3. 故宮東吳：「數位《古今圖集成》」，http://192.83.187.228/gjtsnet/index.htm。
4. 香港商務印書館：電子版《漢語大詞典》繁體 2.0 版，2006 年 1 月（羅竹風主編）。
5. 教育部：網路「重編國語辭典修訂本」，http://dict.revised.moe.edu.tw/cbdic/index.html。
6. 教育部：「國教院語料索引典系統」，http://120.127.233.230/cqpweb。
7. 教育部：網路「異體字字典」，http://dict.variants.moe.edu.tw/variants/rbt/home.do。

（五）其　他

1. 國家教育研究院國語辭典編審會「異形詞審議小組」：〈異形詞辨析說明撰寫體例〉修訂版，臺北：教育部國家教育研究院，2022 年 4 月 14 日。

誌謝：本文寫作承蒙「異形詞審議小組」諸位委員：巫俊勳、李淑萍、林文慶、劉雅芬、高婉瑜、楊億慈、賴金旺、陳嘉凌、陳姤淨、余風、謝元雄諸教授，或提供高見，或惠賜資料；國家教育研究院語文教育及編譯研究中心執行祕書陳逸玫博士與審議小組朱麒璋助理提供行政上的協助；極樂寺社團法人台南市淨宗學會（至善基金會）惠贈全套埽葉山房藏版〔明〕梅膺祚《字彙》，謹此銘謝。

《詩・邶風・燕燕》以「燕」起興探源

鄭玉姍

中央警察大學通識教育中心副教授

作者簡介

鄭玉姍，國立臺灣師範大學國文系博士，現任中央警察大學通識教育中心副教授。

提　要

〈《詩・邶風・燕燕》以「燕」起興探源〉結合神話傳說、文獻典籍記載及出土文物資料，試圖找出燕鳥之特殊意涵，為本詩以「燕」起興探求出合理適切的解釋。

一、前　言

《詩‧大序》：「詩有六義焉，一曰風，二曰賦，三曰比，四曰興，五曰雅，六曰頌。」余師培林以為：「蓋風、雅、頌三者，乃詩之性質；賦、比、興三者，乃詩之作法。……《文心雕龍‧比興》曰：『原夫興之為用，觸物以起情，節取以託義；故有物同而感異者，亦有事異而情同者。』此說最能得興之精神。……（興）將客觀之事物（彼物）與主觀之情意（此物）融為一體，二者看似無關，實則情味相合，精神相通。此乃作者有意之安排，並非純由觸物而已。」〔註1〕〈邶風‧燕燕〉前三章均以「燕燕于飛」起興，歷代學者解經時雖多承襲「衛莊姜送戴媯大歸」之舊說，然亦有學者提出文史資料證明「衛莊姜送戴媯」之說有不合理之處，倘若排除「衛莊姜送歸妾」的說法，那麼本詩詩旨為何？作者選擇以「燕」起興，又是基於燕鳥的何種特殊性而能與作者當時主觀之情意交感相通呢？是以筆者嘗試結合神話傳說、文獻典籍記載及出土文物資料，試圖找出燕鳥之特殊意涵，為本詩以「燕」起興探求出合理適切的解釋。

二、歷代〈邶風‧燕燕〉詩旨整理

〈邶風‧燕燕〉：「燕燕于飛，差池其羽。之子于歸，遠送于野；瞻望弗及，泣涕如雨。　　燕燕于飛，頡之頏之。之子于歸，遠于將之；瞻望弗及，佇立以泣。　　燕燕于飛，下上其音。之子于歸，遠送于南；瞻望弗及，實勞我心。仲氏任只，其心塞淵。終溫且惠，淑慎其身。先君之思，以勖寡人。」由詩文「之子于歸，遠送于野」可判斷此為送行之詩，但關於送行者及遠行者之身分則眾說紛紜，目前較常見之說法如下：

（一）衛莊姜送歸妾戴媯

如毛《序》：「衛莊姜送歸妾也。」鄭玄《箋》：「莊姜無子，陳女戴媯生子名完。莊姜以為己子。莊公薨，完立，而州吁殺之，戴媯於是大歸。莊姜遠送之于野，作詩見己志。」孔穎達《正義》：「作《燕燕》詩者，言衛莊姜送歸妾也。謂戴媯大歸，莊姜送之。經所陳，皆訣別之後，述其送之之事也。」〔註2〕

〔註1〕余師培林：《詩經正詁‧上》（臺北：三民書局，1993年），頁10、15。
〔註2〕〔唐〕孔穎達：《毛詩正義》（臺北：藝文印書館，1989年），頁77。

朱熹《詩集傳》:「之子,指戴媯也。歸,大歸也。莊姜無子,以陳女戴媯之子完為己子。莊公卒,完即位,嬖人之子州吁弒之,故戴媯大歸于陳而莊姜送之,作此詩也。」〔註3〕馬瑞辰《毛詩傳箋通釋》:「差池不齊,以喻莊姜送戴媯,一去一留。下章頡頏、上下取興正同。」〔註4〕姚際恆《詩經通論》:「序謂『衛莊姜送歸妾』,孔疏此事甚詳。……『頏』,舊說同『亢』,釋鳥曰:鳥嚨也……然則此亦當以孤燕言,有引吭高飛之意,如戴媯涕泣而長往也。」〔註5〕方玉潤《詩經原始》:「序謂『衛莊姜送歸妾』,是也。」〔註6〕均採此說。

(二)衛定姜送子婦

如王先謙《詩三家義集疏》:「魯說曰:衛姑定姜者,衛定公之夫人,公子之母也。公子既娶而死,其婦無子,畢三年之喪,定姜歸其婦,自送之,至於野。恩愛哀思,悲以感慟,立而望之,揮泣垂涕。乃賦詩曰:『燕燕于飛,差池其羽,之子于歸,遠送于野,瞻望不及,泣涕如雨。』送去歸泣而望之。又作詩曰:『先君之思,以畜寡人。』君子謂定姜為慈姑過而之厚。……《列女傳‧母儀》篇文〔註7〕,以為定姜送婦作,魯義也。」〔註8〕

(三)衛國兄長送妹出嫁

如崔述《讀風偶識》:「此篇之文但有惜別之意,絕無感時悲遇之情。而詩稱『之子于歸』者,皆指女子之嫁者言之,未聞有稱『大歸』為『于歸』者。恐係衛女嫁于南國而其兄送之之詩,絕不類莊姜戴媯是也。」〔註9〕

(四)衛君送妹遠嫁

如王質《詩總聞》:「二月中為乙鳥至,當是國君送女弟適他國,在此時

〔註3〕〔南宋〕朱熹:《詩集傳》(臺北:藝文印書館,1959年),頁14。

〔註4〕〔清〕馬瑞辰:《毛詩傳箋通釋》(北京:中華書局,2005年),頁113。

〔註5〕〔清〕姚際恆:《詩經通論》(臺北:廣文書局,1997年),頁52～53。

〔註6〕〔清〕方玉潤:《詩經原始》(北京:中華書局,2009年),頁125。

〔註7〕《列女傳‧母儀‧衛姑定姜》:「衛姑定姜者,衛定公之夫人,公子之母也。公子既娶而死,其婦無子,畢三年之喪,定姜歸其婦,自送之,至於野。恩愛哀思,悲心感慟,立而望之,揮泣垂涕。乃賦《詩》曰:『燕燕于飛,差池其羽,之子于歸,遠送于野,瞻望不及,泣涕如雨。』送去歸泣而望之。又作《詩》曰:『先君之思,以畜寡人。』君子謂定姜為慈姑過而之厚。」

〔註8〕〔清〕王先謙:《詩三家義集疏》(臺北:明文書局,1988年),頁137～138。

〔註9〕〔清〕崔述:《讀風偶識》(臺北:學海出版社,1992年),頁22。

也。」〔註10〕屈萬里《詩經詮釋》:「王質以為當是國君送女弟適他國之詩。其說近是;所謂國君,當是衛君也。」〔註11〕余師培林《詩經正詁》:「王質以為此當是國君送女弟適他國之詩。屈萬里先生謂:『所謂國君,當是衛君』(《詩經詮釋》)。是也。……寡人,國君之謙稱。〈箋〉謂莊姜自謂,然古后妃無自稱寡人者。」〔註12〕

(五)衛君送情人出嫁

如高亨《詩經今注》:「此詩作者當是年輕的衛君,他和一個女子原是一對情侶,但迫於環境不能結婚。當她出嫁時,他去送她,因作此詩。」〔註13〕

(六)詩人替任姓女子送行之悲歌

如傅斯年《詩經講義稿》:「相傳為莊姜送戴媯歸之詞,然陳女媯姓,並非任姓,仲氏任只,猶〈大雅〉『摯仲氏任』,雖非一人而同名。若大任之名,後來為人借用以乎一切賢善女子,則此詩可為涉莊姜、戴媯者,否則名姓不同,必另是一事。此為送別之悲歌則無疑。」〔註14〕

(七)任姓國君送妹遠嫁衛國之詩

如聞一多《詩經通義·邶風·燕燕》:「魏源曰『仲氏任只』猶大明篇之『摯仲氏任』,自是薛國任姓之女。……今酌取眾說,定詩為任姓國君送妹出適於衛之作。」〔註15〕

以上七種說法雖有出入,然學者均認為「被送行者為女性」,因此又可依學者對於「于歸」之詮釋而分為兩大類,其一是將「于歸」解釋為「大歸」,即女子出嫁後又因喪夫、喪子等重大變故而回歸故國。其二是將「于歸」解釋為「女子出嫁」。筆者以為根據《史記·衛康叔世家》:「莊公五年,取齊女為夫人,好而無子。又取陳女為夫人,生子,蚤死。陳女女弟亦幸於莊公,而生子完。完母死,莊公令夫人齊女子之,立為太子。莊公有寵妾,生子州吁。十八年,州吁長,好兵,莊公使將。石碏諫莊公曰:『庶子好兵,使將,亂自此

〔註10〕〔南宋〕王質:《詩三家義集疏》(臺北:新文豐出版公司,1984年),頁26。
〔註11〕屈萬里:《詩經詮釋》(臺北:聯經出版事業公司,1999年),頁48。
〔註12〕余師培林:《詩經正詁》(臺北:三民書局,1993年),頁84。
〔註13〕高亨:《詩經今注》(上海:上海古籍出版社,2009年),頁38～39。
〔註14〕傅斯年:《詩經講義稿》(臺北:五南圖書,2013年),頁123。
〔註15〕聞一多:《聞一多全集(二)》(臺北:里仁書局,2002年),頁165～166。

起。』不聽。二十三年，莊公卒，太子完立，是為桓公。」〔註16〕之記載，戴
嬀生下公子完後就過世了，因此莊公才讓莊姜撫養完、並立其為太子，故毛
《序》、鄭《箋》中「桓公（完）因州吁之亂被殺後，莊姜送戴嬀回陳國」之
說法無法與史實相符。且《詩經》曾出現五次「之子于歸」，除了〈邶風・燕
燕〉外，尚分見於〈周南・桃夭〉：「桃之夭夭，灼灼其華。之子于歸，宜其室
家。」〈周南・漢廣〉：「南有喬木，不可休思；漢有遊女，不可求思。　　漢
之廣矣，不可泳思；江之永矣，不可方思。　　翹翹錯薪，言刈其楚；之子于
歸，言秣其馬。」〈召南・鵲巢〉：「維鵲有巢，維鳩居之。之子于歸，百兩御
之。」〈豳風・東山〉：「我徂東山、慆慆不歸。我來自東、零雨其濛。倉庚于
飛、熠燿其羽。之子于歸、皇駁其馬。親結其縭、九十其儀。」這四首詩的「之
子于歸」根據前後文判讀皆可明確解釋為「女子出嫁」，故裴普賢《詩經相同
句及其影響》以為：「『之子于歸』是國風各篇對新娘出閣的專用話頭。周南桃
夭，召南鵲巢，每章有『之子于歸』句，固為專詠嫁女的詩，就是周南漢廣的
兩用『之子于歸』句，以及豳風東山詠周公東征的詩，末章『之子于歸』句，
也是講女子出嫁的事。而邶風燕燕前三章也各有『之子于歸』一句，應該也是
嫁女的詩。」〔註17〕筆者亦以為〈邶風・燕燕〉之「之子于歸」應釋為「女子
出嫁」，而不該單獨解釋為「大歸」。且根據趙翼《陔餘叢考》：「春秋、戰國時，
諸侯、王皆稱寡人，至漢猶然。」〔註18〕「寡人」應為男性諸侯或君王之自稱，
目前先秦經史中未見女子自稱「寡人」之例，莊姜、定姜在歷史上均為賢妃，
更不可能僭禮自稱「寡人」，詩中先後提到「先君」、「寡人」，可見作者必是國
君身份，故筆者以為〈邶風・燕燕〉仍應解釋為衛君送嫁之詩較為合理。

　　而在這四首提到「之子于歸」的詩中，〈周南・桃夭〉以桃花起興〔註19〕，
象徵新嫁娘人比花嬌，且以桃實、桃葉之繁衍暗示女子出嫁後能多子多孫、開
枝散葉興旺夫家。〈周南・漢廣〉則以高大之喬木起興、暗示詩人與女子身分懸

〔註16〕〔西漢〕司馬遷著，（日）瀧川龜太郎撰：《史記會注考證（學人版）》（臺北：洪氏
　　　　出版社，1986年），頁601。
〔註17〕裴普賢：《詩經相同句及其影響》（臺北：三民書局，1988年），頁89。
〔註18〕〔清〕趙翼：《陔餘叢考・卷三十六・寡人》（石家莊：河北人民出版社，2007），
　　　　頁734。
〔註19〕余師培林：「全詩三章，每章四句，形式覆疊，……二章三章義同首章，唯易花為
　　　　實為葉以起興而已。」見《詩經正詁》頁22～23。

殊〔註20〕，僅能遙望其出嫁而無可奈何。〈召南·鵲巢〉以鳩、鵲起興，「鳩居鵲巢」暗喻女子婚後居於夫家〔註21〕。〈豳風·東山〉則以倉庚鳥之羽色鮮明象徵詩人之妻初嫁時車服之盛〔註22〕。是以〈邶風·燕燕〉以「燕」起興，燕鳥必然亦有其所象徵之深意，下文將試圖探討〈邶風·燕燕〉以「燕」起興與「送女遠行（嫁）」之關聯性。

三、〈邶風·燕燕〉以「燕」起興之歷代經解

歷代學者均認同〈邶風·燕燕〉首句「燕燕于飛」乃是以賦比興之「興」，但關於詩人如何「觸物以生情、擷取以托意」之說法則較為分歧，大抵可分類如下：

（一）認為「差池其羽」為燕子舒張尾翼之貌，並由此聯想到戴媯大歸時整理服儀之狀。如鄭〈箋〉：「差池其羽，謂張舒其尾翼，興戴媯將歸，顧視其衣服。」孔穎達《正義》：「差池者，往飛之之貌，故云『舒張其尾翼』。實翼也，而兼言尾者，以飛時尾亦舒張故也。鳥有羽翼，猶人有衣服，故知以羽之差池喻顧視衣服。」

（二）認為「差池其羽」為雙燕飛行時有前後高低落差，聯想到女子嫁人、對方前來迎娶、互動之狀。如王質《詩總聞》：「尋詩『差池』若有一前一後之意，頡頏上下，若有一低一昂之意；當是女子往適人君，子來迎婦，故燕取興。」〔註23〕

（三）認為「差池」為不齊之貌，暗喻莊姜送戴媯，一去一留。又以其中一隻燕子先飛走以暗示戴媯因喪子而大歸。如馬瑞辰《毛詩傳箋通釋》：「《說文》曰：『燕者請子之候。燕以孚子而來，生子則委巢而去。』戴媯以子相依，失子而歸，故取燕飛為興。又按：燕以南來孚子，雁則以北歸生子，予嘗得之目驗。……差池不齊，以喻莊姜送戴媯，一去一留。下章『頡頏』、『上下』取

〔註20〕毛《序》：「木以高其枝葉之故，故人不得就而止息也。興者然。」見孔穎達：《毛詩正義》頁42。

〔註21〕余師培林：「鳩之為布穀，佔鵲巢而居，公共電視曾有影片錄其實況，已無可置疑。……全詩三章，每章四句，形式覆疊，每章首二句皆興體，以鵲巢鳩居，象徵女入男室，取意絕妙。」見《詩經正詁》頁36～37。

〔註22〕孔穎達：《疏》：「倉庚之鳥，始飛之時，熠耀其羽，甚鮮明也。以興歸士之妻初婚之時其衣服甚鮮明也。」見孔穎達：《毛詩正義》頁296。

〔註23〕〔南宋〕王質：《詩三家義集疏》（臺北：新文豐出版公司，1984年），頁26。

興正同。」〔註24〕

（四）認為「頡之頏之」為孤燕引吭高飛之狀，有如戴媯涕泣離去之貌。如姚際恆《詩經通論》：「『差池其羽』，專以尾言，燕尾雙歧如剪，故曰『差池』，不必溺兩燕之說。……『頏』，舊說同『亢』，《釋鳥》曰：『鳥嚨也』……然則此亦當以孤燕言，有引吭高飛之意，如戴媯涕泣而長往也。」〔註25〕

（五）認為「差池其羽」是羽毛參差不齊，象徵定姜及其媳婦無心修飾外貌。如王先謙《詩三家義集疏》：「齊說曰：『泣涕長訣，我心不快。遠送衛野，歸寧無子。』又曰：『燕雀衰老，悲鳴入海。憂在不飾，差池其羽。頡頏上下，在位獨處。』……連言『燕燕』者，非一燕也；『燕燕』，定姜自喻及婦。差池其羽者，《左·襄二十一年·傳》：『而何感差池』，杜注：『差池，不齊一。』定姜及婦皆身丁憂厄，容飾不修，故以燕羽之差池為比，齊說所謂『憂在不飾』也。」〔註26〕

（六）以雙燕之「差池」、「頡頏」、「上下」暗示男女有別。如余師培林《詩經正詁》：「『差池其羽』、『頡之頏之』、『上下其音』暗示誼雖兄妹，而男女有別、不越禮防。」〔註27〕

第一至五種說法均從「莊姜送戴媯」及「定姜送婦」之說引申而出，然前文已由「《史記》記載州吁之亂時戴媯已死」、「《詩經》其他篇章之『于歸』均解釋為『女子出嫁』」、「先秦典籍中未見古代后妃自稱『寡人』之例」三項理由否定了本詩為「莊姜送戴媯」或「定姜送婦」之說的可能性，故筆者以為應從「國君送嫁」之角度來探討本詩以「燕」起興之理由才較為適當。余師由「衛君送妹遠嫁」角度切入，認為詩人以雙燕之「差池」、「頡頏」、「上下」暗示兄妹仍應男女有別、不越禮防，筆者以為此乃目前眾說中最切合詩旨的說法；然而《詩經》中以鳥起興之篇章甚多，且眾鳥類翻飛時亦會出現「差池」、「頡頏」、「上下」之姿，〈邶風·燕燕〉詩人為何選擇以燕起興？筆者認為此處尚有探討空間，於下文中將略抒己見。

〔註24〕〔清〕馬瑞辰：《毛詩傳箋通釋》（北京：中華書局，2005 年），頁 113。
〔註25〕〔清〕姚際恆：《詩經通論》（臺北：廣文書局，1997 年），頁 52～53。
〔註26〕〔清〕王先謙：《詩三家義集疏》（臺北：明文書局，1988 年），頁 139。
〔註27〕余師培林：《詩經正詁》（臺北：三民書局，1993 年），頁 84。

四、《詩經》以「鳥類于飛」起興之篇章

　　《詩經》中以「鳥類于飛」起興的篇章共九篇，除了〈邶風・燕燕〉外，尚見於〈周南・葛覃〉、〈邶風・雄雉〉、〈豳風・東山〉、〈小雅・鴻雁〉、〈小雅・鴛鴦〉、〈大雅・卷阿〉、〈周頌・振鷺〉、〈周頌・振鷺〉。

　　〈周南・葛覃〉：「黃鳥于飛，集于灌木，其鳴喈喈。」乃詩人見黃鳥棲集于灌木，而心生歸寧與家人團聚之嚮往。〈邶風・雄雉〉：「雄雉于飛，泄泄其羽」、「雄雉于飛，下上其音」乃婦人見雄雉高飛而感嘆其夫久役於外、望其早歸。〔註28〕〈豳風・東山〉：「倉庚于飛、熠燿其羽。之子于歸、皇駁其馬。」以倉庚鳥之羽色鮮明象徵詩人回憶其妻初嫁時車服之盛〔註29〕。〈小雅・鴻雁〉以「鴻雁于飛，肅肅其羽」、「鴻雁于飛，集于中澤」、「鴻雁于飛，哀鳴嗷嗷」象徵流民流徙無定之愁苦。〔註30〕〈小雅・鴛鴦〉以「鴛鴦于飛」、「鴛鴦在梁」象徵國家太平無事、百姓安樂。〔註31〕〈大雅・卷阿〉：「鳳凰于飛，翽翽其羽，亦集爰止」以鳳凰集止象徵朝中人才薈萃。〔註32〕〈周頌・振鷺〉：「振鷺于飛、于彼西雝。我客戾止、亦有斯容。」以白鷺群飛象徵賢德威儀的宋杞之君前來助祭。〔註33〕〈魯頌・有駜〉：「振振鷺，鷺于飛。鼓咽咽，醉言歸。于胥樂兮。」以白鷺象徵國君身邊聚集高潔之士，太平無事時君臣禮樂盡歡。〔註34〕以上八首詩篇均以鳥類起興，且鳥類與所象徵者之間均有相當明確之意象關聯性，是以〈邶風・燕燕〉之燕鳥必然亦具有某些特殊意象可以讓詩人在「送女遠嫁」時觸物而生情。

　　筆者推測，中國神話傳說中燕子（玄鳥）常扮演送子、助孕的角色，例如「簡狄吞食燕子卵而受孕生下契」、「女修吞食燕子卵而生子大業」，衛國位於殷商之故地，深受殷商文化影響，殷商始祖母簡狄吞食燕卵而生契的故事必然也

〔註28〕余師培林：《詩經正詁・上》（臺北：三民書局，1993 年），頁 98。

〔註29〕孔穎達《疏》：「倉庚之鳥，始飛之時，熠燿其羽，甚鮮明也。以興歸士之妻初婚之時其衣服甚鮮明也。」見孔穎達：《毛詩正義》頁 296。

〔註30〕余師培林：《詩經正詁・下》（臺北：三民書局，1993 年），頁 90～91。

〔註31〕余師培林：《詩經正詁・下》，頁 255。

〔註32〕余師培林：《詩經正詁・下》，頁 411。

〔註33〕鄭《箋》：「白鳥集于西雝之澤，言所集得其所也。興者，喻杞宋之君有潔白之德，來助祭于周之廟。……亦有此容言威儀之善」見孔穎達：《毛詩正義》頁 730。

〔註34〕毛《傳》：「鷺，白鳥也。以興潔白之士。」鄭《箋》：「潔白之士群聚于君之朝，君以禮樂與之……以見其歡。」見孔穎達：《毛詩正義》頁 766。

深植人心，因此衛人送嫁詩歌以燕起興，便極有可能是祝福新娘出嫁後能早生貴子的意涵；故下文將探討典籍記載及傳世習俗中燕鳥的特殊象徵，以及殷商出土文物中的鳥崇拜來證實這個假設。

五、典籍中的玄鳥送子傳說

毛《傳》：「燕燕，鳦。」郭璞曰：「一名玄鳥，齊人呼鳦。此燕即今之燕也，古人重言之。《漢書》童謠云『燕燕尾涎涎』，是也。」《詩經‧商頌‧玄鳥》：「天命玄鳥，降而生商。」〔註35〕《詩經‧商頌‧長發》：「有娀氏方將，帝立子生商。」鄭〈箋〉：「禹敷下土之時，有娀氏之國亦始廣大，有女簡狄，吞鳦卵而生契。」〔註36〕《楚辭‧天問》：「簡狄在臺，嚳何宜？玄鳥致貽，女何喜？」王逸〈注〉：「玄鳥，燕也。」故可知「燕燕」即今人所謂之「燕子」，古時又名「玄鳥」或「鳦」。

傳世典籍中提到「玄鳥」多與創始神話相關，除了《史記‧秦本紀》：「秦之先，帝顓頊之苗裔孫曰女脩。女脩織，玄鳥隕卵，女脩吞之，生子大業。大業取少典之子，曰女華。女華生大費，……（大費）佐舜調馴鳥獸，鳥獸多馴服，是為柏翳。舜賜姓嬴氏。」〔註37〕是關於秦代始祖出生及發跡的故事，其餘多為商代始祖的故事，如《詩經‧商頌‧玄鳥》：「天命玄鳥，降而生商，宅殷土芒芒。」毛〈傳〉：「春分玄鳥降，湯之先族有娀氏女簡狄配高辛氏帝，帝與之祈於郊，禖而生契，故本為天所命，以玄鳥至而生焉。」鄭〈箋〉：「天使鳦下而生商者，謂鳦遺卵，娀氏之女簡狄吞之而生契。」〔註38〕《史記‧殷本紀》：「殷契，母曰簡狄，有娀氏之女，為帝嚳次妃。三人行浴，見玄鳥墮其卵，簡狄取吞之，因孕生契。契長而佐禹治水有功。帝舜乃命契曰：『百姓不親，五品不訓，汝為司徒而敬敷五教，五教在寬。』封于商，賜姓子氏。契興於唐、虞、大禹之際，功業著於百姓，百姓以平。」〔註39〕《列女傳‧母儀‧契母簡狄》：「契母簡狄者，有娀氏之長女也。當堯之時，與其妹娣浴於玄丘之水。有

〔註35〕〔唐〕孔穎達：《毛詩正義》，頁793。
〔註36〕〔唐〕孔穎達：《毛詩正義》，頁800。
〔註37〕〔西漢〕司馬遷著，（日）瀧川龜太郎撰：《史記會注考證（學人版）》，頁89～90。
〔註38〕〔唐〕孔穎達：《毛詩正義》，頁793。
〔註39〕〔西漢〕司馬遷著，（日）瀧川龜太郎撰：《史記會注考證（學人版）》，頁54。

玄鳥銜卵，過而墜之。五色甚好，簡狄與其妹娣競往取之。簡狄得而含之，誤而吞之，遂生契焉。」〔註40〕《太平御覽・皇王部八・殷帝成湯》引《尚書中候》：「玄鳥翔水，遺卵於流，娀簡拾吞，生契封商。」〔註41〕《丹鉛總錄・怪異類》引《詩緯含神霧》：「契母有娀，浴於玄丘之水，睇玄鳥銜卵，過而墜之。契母得而吞之，遂生契。」〔註42〕

上述典籍幾乎都提到了殷商始祖契的出生與燕子有強烈關聯性，多數記載有娀氏之女簡狄吃了玄鳥蛋而受孕生下契，僅毛〈傳〉記載春分玄鳥降時，簡狄祈於高禖而受孕生子，但即使是透過「祈於皋禖」的宗教儀式而受孕，仍與燕鳥送子的神話息息相關。

「高禖」又稱「皋禖」，是一種向生育神祈求子嗣的祭祀活動；朱駿聲《說文通訓定聲》：「按高禖之禖，以腜為義。」〔註43〕《說文解字》：「腜，婦孕始兆也。」〔註44〕《廣雅・釋親》：「腜，胎也。」〔註45〕故可知「高禖」之目的乃為祈求懷孕。劉惠萍認為「高禖」祭祀源來已久：

> 在西周以前，上推自原始社會晚期；高禖的祭祀活動不僅是一個固
> 定的文化型態，也是兩性交合的生殖宗教活動。……這種在特定的
> 節日中聚會男女、祈求子嗣之風，可能源自氏族產生以前更加遙遠
> 的時代，並在後來的節日或宗教活動中仍可見其遺風。如《太平寰
> 宇記・南儀州》：「每月中旬，年少女兒盛服吹笙，相召明月下，以
> 相調弄號，日夜密以為娛。二更後匹耦兩兩相攜，隨處相合，至曉
> 則散。」〔註46〕

聞一多認為：「古代各民族所祀之高禖全是該民族的先妣。」〔註47〕主掌

〔註40〕〔漢〕劉向：《列女傳》（〔清〕阮亨輯：清嘉慶道光間儀徵阮氏刊本文選樓叢書本《新刊古列女傳》），卷1，頁29。

〔註41〕〔北宋〕李昉：《太平御覽》（北京：中華書局，1960年），頁389。

〔註42〕〔明〕楊慎：《丹鉛總錄》，浙江大學圖書館館藏《欽定四庫全書》影印本卷17，頁4。

〔註43〕〔清〕朱駿聲：《說文通訓定聲》（臺北：臺灣商務印書館，1975年），頁250。

〔註44〕〔東漢〕許慎著，〔清〕段玉裁注：《說文解字》（臺北：書銘出版公司，1992年），頁169。

〔註45〕〔魏〕張揖撰，〔清〕王念孫疏證：《廣雅疏證》（北京：中華書局，1998年），頁141。

〔註46〕劉惠萍：《伏羲神話傳說與信仰研究》（臺北：文津出版社，2005年），頁396、397。

〔註47〕聞一多：《神話研究》（成都：巴蜀書社，2002年），頁19。

生育的高禖神均為女神，簡狄亦被尊為殷商之高禖神，如孔穎達《禮記正義・月令》：「玄鳥遺卵，娀簡吞之而生契，……高辛氏之世，有此吞鳥之異，是為媒官嘉祥，……娀簡狄吞鳳子之後，後王以為媒官嘉祥，祀之以配帝，謂之『高禖』。」〔註48〕遠古之人尚不了解生殖受孕之醫學原理，是以母系社會中只知有母而不知有父，許多民族先祖的降生均被附會為感生懷孕的神話故事，簡狄因身為商始祖契的母親而被商民族尊崇為生育高禖神，感生神話中的燕子也被附會為高禖祭祀活動中的重要象徵物，如鄭玄〈禮記・月令・注〉：「玄鳥，燕也。燕以施生時來，巢人堂宇而孚乳，嫁娶之象也。媒氏之官以為候。高辛氏之出，玄鳥遺卵，娀簡吞之而生契，後王以為媒官嘉祥，而立其祠焉，變媒言禖，神之也。」〔註49〕其實自然界的春天原本就是燕子（及許多鳥類）築巢下蛋的時節，但古人因神話影響而以為見到燕子來臨便是繁衍子嗣的吉兆，因此特別選在此時到郊外舉行祭祀活動，甚至連天子也要率領後宮后妃進行高禖儀式，如《禮記・月令》：「是月也，玄鳥至。至之日以大牢祠于高禖。天子親往，后妃帥九嬪御。乃禮天子所御，帶以弓韣，授以弓矢，于高禖之前。」〔註50〕便是周天子率領后妃以太牢饗祀高禖之記載；古人認為高禖祭祀時若能見到燕子便是得子之吉兆，甚至穿鑿附會而有《逸周書・時訓解》：「玄鳥不至，婦人不娠」〔註51〕之說。故可知在傳世典籍中，燕子（玄鳥）常令人聯想到受孕、生育的相關記載，包括服食玄鳥蛋可以受孕，以及高禖祭祀時如見燕子則是得子吉兆等說法。

六、上巳祓禊的曲水浮卵之戲

《周禮・春官・宗伯》：「女巫掌歲時祓除、釁浴。」鄭玄〈注〉：「歲時祓除如今三月上巳，……釁浴，謂以香薰草藥沐浴。」賈公彥〈疏〉：「一月有三巳，據上旬之巳而為祓除之事，見今三月三日水上戒浴是也。」〔註52〕由《周禮》記載可知周代已有女巫之官在春季水邊舉行沐浴、祭祀等儀式以祓除邪晦之事，亦稱之為「祓禊」或「修禊」。孫作雲〈關於上巳節（三月三日）二三

〔註48〕〔唐〕孔穎達：《禮記正義》，頁299。
〔註49〕〔唐〕孔穎達：《禮記正義》，頁299。
〔註50〕〔唐〕孔穎達：《禮記正義》，頁299。
〔註51〕《逸周書》（山東：齊魯書社，2013年），頁55。
〔註52〕〔唐〕賈公彥：《周禮注疏》（臺北：藝文印書館，1989年），頁400。

事〉認為這個風俗源自簡狄神話：

> 古書上記載：商族始姙簡逖〔註53〕生子，是由於她和姊妹們在行浴的
> 時候，見燕子遺卵，吞而生契。……《史記》說：「殷契，母曰簡狄，
> 有娀氏之女，……三人行浴，見玄鳥墮其卵，簡狄取吞之，因孕生契。」
> 劉向《列女傳》說簡逖：「與其妹娣浴於玄丘之水。」我認為這行浴
> 就是祓禊，與後世上巳祓禊之事是基於同一風俗習慣。〔註54〕

這個風俗流傳到漢朝時，逐漸固定於每年春天三月的上巳之日舉行，如《西京雜記》：「三月上巳，九月重陽，使女遊戲，就此祓禊登高。」又，「戚夫人侍高帝，……三月上巳，張樂於流水。」〔註55〕《後漢書‧禮儀志》：「是月上巳，官民皆絜於東流水上，曰洗濯，祓除去宿垢疢為大絜。」〔註56〕《晉書‧禮志下》：「漢儀季春上巳，官及百姓皆禊於東流水上。」〔註57〕唐代王維〈奉和聖制上巳於望春亭觀禊飲應制〉：「君王來祓禊，灞滻亦朝宗。」〔註58〕而由《晉書‧禮志下》：「自魏以後但用三日，不以上巳也。」〔註59〕之記載，可知魏晉之後將上巳節訂於三月三日這一天舉行，除了到水濱祓禊以潔淨身心、消除病厄外，又增加了春遊踏青、臨水宴飲等活動，例如南朝（陳）江總〈三日侍宴宣猷堂曲水詩〉：「上巳娛春禊，芳辰喜月離。」南朝（梁）劉孝綽〈三日侍華光殿曲水宴詩〉：「羽觴環階轉，清瀾傍席疏。妍歌已嘹亮，妙舞複紆餘。」〔註60〕杜甫〈麗人行〉：「三月三日天氣新，長安水邊多麗人。」〔註61〕均是描寫君王及官員名士於三月三日參加修禊、臨水宴樂的詩文。比較值得注意的是魏晉時代修禊時會進行「曲水浮卵」、「曲水浮棗」、「曲水流觴」等民俗活動，今日最為人所熟知的是「曲水流觴」，如王羲之〈蘭亭集序〉：「永

〔註53〕孫作雲原文中常將「簡狄」寫為「簡逖」，為忠於原著，本文引用時均依孫作雲原作。

〔註54〕孫作雲：《詩經與周代社會研究》（北京：中華書局，1966 年），頁 323。

〔註55〕〔晉〕葛洪：《西京雜記校注》（北京：中華書局，2021 年），頁 137～138。

〔註56〕〔南朝宋〕范曄撰，〔梁〕劉昭補志，〔唐〕李賢注：《後漢書》，景印摛藻堂本四庫全書薈要第九十三卷（臺北：世界書局，1986 年），頁 266。

〔註57〕〔唐〕房玄齡：《晉書》，景印摛藻堂本四庫全書薈要第九十八卷，頁 411。

〔註58〕〔清〕彭定求編：《全唐詩》（北京：中華書局，1992），頁 1285。

〔註59〕〔唐〕房玄齡：《晉書》，景印摛藻堂本四庫全書薈要第九十八卷，頁 411。

〔註60〕〔唐〕徐堅：《初學記》（北京：中華書局，2004 年），頁 72。

〔註61〕〔清〕清聖祖御製、彭定求編：《全唐詩》（北京：中華書局，1992），頁 336。

和九年，歲在癸丑，暮春之初，會於會稽山陰之蘭亭，修禊事也。……清流激湍，映帶左右，引以為流觴曲水，列坐其次。雖無絲竹管絃之盛，一觴一詠，亦足以暢敘幽情。」這個習俗甚至透過唐化運動傳到日本，成為平安時代宮廷貴族高雅的飲酒賦詩遊戲，今日福岡縣太宰府市的天滿宮已復原這項文化雅事，於每年早春三月的第一個週日在天滿宮文書館旁的流水庭院舉辦「曲水の宴」，讓今人亦能一睹曲水流觴之樣貌。〔註62〕而「曲水浮卵」、「曲水浮棗」則已不復見，僅存於詩文記載，如西晉張協〈洛禊賦〉：「夫何三春之令月，嘉天氣之絪緼，……浮素卵以蔽水，灑玄醪於中河。」潘尼〈三日洛水作〉：「暮春春服成，百草敷英蕤。聊為三日遊，……羽觴乘波進，素卵逐流歸。」南朝（梁）庾肩吾〈三日侍蘭亭曲水宴詩〉：「參差絳棗浮，百戲俱臨水，千鍾共逐流。」〔註63〕而關於「曲水浮卵」之源由，孫作雲認為可能是來自吞食鳥卵而受孕的神話：

> 在後代的上巳禮俗之中，有曲水浮卵之戲。大概把雞蛋或什麼蛋煮熟了，在水的上流放入，人們在水的下流等著，等卵流來，即取之，或食之。……這傳統我想應該追隨到原始社會東夷諸侯以鳥為圖騰，傳說他的始妣吞鳥卵而生子的原始信仰。〔註64〕

筆者以為「曲水浮卵」之舉與「簡狄臨水行浴、食卵受孕」的神話確有相似點，故孫作雲之說相當可信。至於古人為何要在上巳時進行「曲水浮卵」活動呢？孫作雲〈關於上巳節（三月三日）二三事〉認為這個民俗最原始的目的亦是為了求子，且上巳祓禊極有可能是高禖祭祀求子的延續活動：

> 古人相信：不生子也是一種病氣，為了解除這種病氣或促進生育，他們便在祭祀高禖時，順便在河裡洗洗手洗洗腳，或乾脆跳到水裡洗一個澡。他們相信這樣做便可以得子。這種迷信相沿成俗，在後代變成為三月上巳節的臨水被禊的風俗。……從傳說上看，似乎被殷人認為先妣，又被後人認為禖神的簡逖〔註65〕，其生子即與被禊

〔註62〕見〈日本現代版流觴曲水──「曲水の宴」〉，https://kknews.cc/culture/kxzmp3q.html。
〔註63〕〔唐〕徐堅：《初學記》（北京：中華書局，2004年），頁69、70。
〔註64〕孫作雲：《詩經與周代社會研究》（北京：中華書局，1966年），頁323～324。
〔註65〕孫作雲原文中有時會將「簡狄」寫為「簡逖」，為忠於原著，本文引用時均依孫作雲原作。

有關。……古人相信，簡狄生子由於行浴、吞卵，而簡狄又為高禖，可見古人祓禊（行浴）求子之習俗與祭祀高禖有關，事實上即於祭祀高禖時行之。祓禊在後代行於三月上巳，而前言祭祀高禖在仲春之月玄鳥至之日（古人以春分為玄鳥至之日），好像二者有矛盾似的。其實春分在二月下旬，三月上巳在三月初（自魏以後定為三月三日），二月下旬與三月初相去非遙，可能在這期間都是會合男女、祭祀高禖的節日……三月三日的臨水祓禊，即是祭祀高禖的延長，其初義是為了求子，到後來才變成一般性的士民遊樂。〔註66〕

筆者認為若從今存之古籍內容加以考證，孫作雲說法相當可信，例如根據《三輔黃圖》記載，漢宮內共有周靈沼、漢昆明池、鎬池、滄池、太液池、唐中池、百子池、十池、伙飛外池、秦酒池、影娥池、琳池、鶴池、冰池共十四座池沼，〔註67〕然諸池之中，僅有在百子池進行上巳活動之記載：「百子池，……戚夫人侍高祖，……三月上巳，張樂於池上。」〔註68〕筆者推測可能是「百子池」之名與上巳祓禊求子之目的相合，漢高祖與戚夫人才會選擇於三月上巳時在百子池旁宴樂。此外，《漢書・外戚傳》：「武帝即位，數年無子。……帝祓霸上，還過平陽主。」顏師古引孟康〈注〉：「祓，除也。於霸水上自祓除，今三月上巳祓禊也。」〔註69〕漢武帝十六歲即位，在平陽公主家中臨幸衛子夫那年約莫二十歲，當時武帝正值盛年而無子嗣必然引發眾人關切，故須親自到灞水進行祓禊求子儀式，回程時平陽公主趁機進獻美女以充實後宮，衛子夫後來也生下一男三女，成功達成祓禊求子之目的。〔註70〕

由上述資料可推知，先民因缺乏醫學常識，對健康及繁衍子嗣的渴求往往只能透過各種祭祀儀式來達成，簡狄神話中的生子關鍵——「臨水行浴」、「服食燕卵」也因此不斷出現在各種求子的儀式或民俗中。例如：

〔註66〕孫作雲：《詩經與周代社會研究・詩經戀歌發微》（北京：中華書局，1966年），頁300～301。

〔註67〕《元本三輔黃圖》（北京：國家圖書館出版社，2018年），頁131。

〔註68〕《元本三輔黃圖》，頁203～204。

〔註69〕〔漢〕班固著，〔唐〕顏師古注：《漢書》，景印摛藻堂本四庫全書薈要第九十二卷，頁530。

〔註70〕《漢書・外戚傳》：「武帝即位，數年無子。平陽主求良家女十餘人，飾置家。帝祓霸上，還過平陽主。……既飲，謳者進，帝獨說子夫。帝起更衣，子夫侍尚衣軒中，得幸。還坐驩甚，賜平陽主金千斤。主因奏子夫送入宮。……子夫生三女，元朔元年生男據，遂立為皇后。」

（一）春分時節的高禖祭祀是一種公開的求子祭典，燕子是儀式中的吉祥物，此時若能見到燕子則可保佑婦女順利受孕生子，此象徵意涵應是源自於簡狄行浴時看到燕子並吞食燕卵而受孕的傳說。

（二）三月上巳節的臨水祓禊是以到郊外水濱洗浴的方式來消除災厄及祈求子嗣，這可能是源自「簡狄臨水行浴而受孕」傳說的流俗。

（三）先民觀察到從鳥蛋中能夠孵化出新生命，且簡狄因臨水行浴、吞食玄鳥蛋而受孕，故先民祓禊時可能也會模仿神話傳說之內容，試圖在水邊吞食鳥蛋來增加受孕的機會，這種風俗可能在幾經演變及文化包裝後，發展為魏晉文人的「曲水浮卵」之戲〔註71〕，但依然能追溯出其受到神話影響的早期源頭。

七、殷商文化的鳥圖騰崇拜及衛國所受之影響

鄭玄《詩譜》：「邶、鄘、衛者，商紂畿內方千里之地，其封域在《禹貢》冀州大行之東。北逾衡漳，東及兗州桑土之野。周武王伐紂，以其京師封紂子武庚為殷後。乃三分其地，置三監，……自紂城而北謂之邶，南謂之鄘，東謂之衛。……武王既喪，三監導武庚叛，成王既黜殷命，殺武庚，復伐三監，更於此三國建諸侯，以殷餘民封康叔於衛，使為之長。後世子孫稍并彼二國，混而名之」〔註72〕《史記·吳起列傳》記載：「殷紂之國，左孟門，右太行，常山在其北，大河經其南。」〔註73〕衛國封於殷商之東方舊地，由以上記載可推算出其疆域大致位於黃河以北的河南濮陽、河北的邯鄲、邢臺一部分、山西南部及山東聊城西部一帶。《商代地理與方國》根據卜辭內容認為：「中商時期，商文化分布範圍曾一度比早商時期有所擴展，東到泰沂山脈一線，西到岐山、扶風，北面抵長城、南逾長江。」〔註74〕

商朝的始祖契被封於商，即今日河南省商丘一帶，相對於西方的周部族而言，黃河中下游的河南、山東均屬於「東夷」地區。孫作雲〈說上巳祓禊與商部族信仰圖騰的關係〉：

〔註71〕孫作雲以為「曲水浮棗」亦可能是「曲水浮卵」的變相或簡化，類似用紅棗代替紅皮雞蛋的概念。見孫作雲：《詩經與周代社會研究》，頁324～325。

〔註72〕〔唐〕孔穎達：《毛詩正義》，頁72。

〔註73〕〔漢〕司馬遷著，（日）瀧川龜太郎撰：《史記會注考證（學人版）》，頁867。

〔註74〕宋鎮豪、孫亞冰、林歡：《商代地理與方國（商代史卷十）》（北京：中國社會科學出版社，2010年），頁44。

我們知道，團聚成為華夏族（漢族的前身）以前的中國古代各部族，大體可分為中、東、西三系：即中原的夏族、東方的商族，及西方的周族。以這三大族為中心，各結合成一個大集團。⋯⋯這三大部族，在原始社會時期各有其圖騰信仰（若稱為圖騰主義，則包括的更廣一些），及在傳說上各有其被認為最早的一位女老祖宗。⋯⋯（商代的圖騰信仰及其始妣）即玄鳥和簡狄。相傳簡狄吞玄鳥之卵而生契，玄鳥即是原始商人的圖騰。〔註75〕

衛國位於殷商故地，故筆者以為衛地應深受殷商文化之影響，如《漢書・地理志》所謂：「河內本殷之舊都，⋯⋯衛，蔡叔尹之：以監殷民，⋯⋯武王崩，三監畔，周公誅之，盡以其地封弟康叔，⋯⋯至十六世，⋯⋯康叔之風既歇，而紂之化猶存。」〔註76〕「玄鳥」既與商朝創始的神話息息相關，「燕鳥送子」傳說在衛國必然也廣為流傳；關於衛國等東夷地區受到殷商文化之玄鳥崇拜或鳥圖騰崇拜的推論，亦可在傳世典籍及出土文物中得到證實。

例如傳世典籍《逸周書・明堂解》：「（黃帝）乃命少昊清司馬鳥師，以正五帝之官。」〔註77〕《左傳・昭公十七年》：「秋，郯子來朝，公與之宴。昭子問焉，曰：『少皞氏，鳥名官，何故也？』郯子曰：『⋯⋯我高祖少皞，摯之立也，鳳鳥適至，故紀於鳥，為鳥師而鳥名。鳳鳥氏，歷正也。玄鳥氏，司分者也。伯趙氏，司至者也。青鳥氏，司啟者也。丹鳥氏，司閉者也。祝鳩氏，司徒也。鴡鳩氏，司馬也。鳲鳩氏，司空也。爽鳩氏，司寇也。鶻鳩氏，司事也。』」〔註78〕這兩則記載均提到郯國之先祖少昊（皞）氏為鳥師、以鳥名官之傳說。郯國故城遺址在今山東省臨沂縣郯城縣城北，《左傳・定公四年》：「商奄之民，命以伯禽，而封於小皞之虛。」杜預〈注〉：「少皞虛，曲阜也，在魯城內。」〔註79〕今日山東省曲阜市城東舊縣村內仍有少昊陵遺址。〔註80〕故筆者認為，

〔註75〕孫作雲：《詩經與周代社會研究》（北京：中華書局，1966年），頁321。

〔註76〕〔漢〕班固著，〔唐〕顏師古注：《漢書》，景印摛藻堂本四庫全書薈要第九十二卷，頁145〜146。

〔註77〕〔漢〕佚名撰，袁宏點校：《逸周書》（山東：齊魯書社，2013年），頁74。

〔註78〕〔唐〕孔穎達：《春秋左傳正義》（臺北：藝文印書館，1989年），頁835〜837。

〔註79〕〔唐〕孔穎達：《春秋左傳正義》，頁948。

〔註80〕「少昊陵」位於山東省曲阜市東北方的舊縣村。宋真宗大中祥符五年（1012年）詔改曲阜縣為仙源縣，興建景靈宮奉祀黃帝，景靈宮後部為壽丘，壽丘後之窆丘即少昊陵墓。明、清兩代官方均陸續整修擴建，1977年登錄為山東省文物保護單位。

有關於少昊（皞）氏擔任「鳥師」且以鳥名官的傳說，以今日之角度來看，極可能是遠古時代的東夷地區聚集了許多部落，這些部落各有其鳥類崇拜，而少皞氏可能是一位地位較高的部落酋長；之後其中一支玄鳥崇拜的部族在商丘一帶繁衍發展成為殷商的先祖，並經由穿鑿附會而發展出「簡逖吞玄鳥之卵而生契，契被封於商丘、成為商人之先祖」等傳說。

此外，東夷各部族的鳥類崇拜亦可以從出土商代文物中豐富的鳥類圖騰文物得到證實，例如山東濟南東郊的大辛莊遺址所出土之玉鳥（附圖 1）、玉鸚鵡（附圖 2），可呼應郯國（山東地區）遠祖少昊氏為鳥師之傳說。其他遺址出土的殷商文物亦可見到以鳥類為創作主題的作品，包括自然界常見的鸚鵡、鴞，或超現實的鳳、怪鳥造型；例如河南安陽小屯西北殷墟的婦好墓〔註81〕出土的玉鳳（附圖 3）、玉鸚鵡（附圖 4、5）、玉怪鳥（附圖 6）；安陽殷墟博物館藏郭家莊 5113 號墓出土之玉鳥（附圖 7）；北京故宮館藏的玉高冠鳥柄形器（附圖 8）、雕玉飛燕（附圖 9）均為知名的鳥型玉器。出土青銅器則有婦好墓的鴞尊（附圖 10）、山西博物館藏的鴞卣〔註82〕（附圖 11）、陝西省歷史博物館藏的鳳柱斝〔註83〕（附圖 12）、日本京都泉屋博古館藏的鴞尊（附圖 13）。殷商時期的青銅器銘文中亦有相當象形的鳥類圖形如附圖 14〔註84〕、附圖 15〔註85〕、附圖 16〔註86〕。

由這些文物可看出商代鳥形圖騰可分為兩種，一種為寫實造型，另一種則為造型誇張的怪（神）鳥，可能是以超現實的造型再加上誇張複雜的紋飾來彰顯神鳥的特殊力量，張光直認為：

> 殷商文化中鳥的重要性由玉器中鳥的形象之多和複雜可見。尤仁德
> 將商代玉鳥分為三類：野禽類，有燕、雀、鶯、臘咀、鷹、雁、長
> 尾雉和鴞等；家禽類，有雞、鴨、鵝、鷫、鴿、鸚鵡等；和神鳥，

〔註81〕婦好為商朝第二十三位國君武丁之妻，生年不詳，死於西元前 1200 年，為殷商時代著名之女性政治家及軍事家。其墓葬於 1976 年河南省安陽市小屯村西北出土。

〔註82〕鴞卣於 1957 年出土於山西省石樓縣二郎坡村，是商代晚期的青銅器。

〔註83〕鳳柱斝於 1973 年出土於陝西省寶雞市岐山縣賀家村，現為陝西省歷史博物館藏品。該斝侈口，口沿立雙柱，兩柱頂端各置一圓雕高冠的鳳鳥。

〔註84〕玄婦罍為殷商青銅器，銘文有「玄鳥婦」三字合文。原器收藏於日本兵庫縣黑川古文化研究所，附圖 9 之拓片為中央研究院歷史語言研究所傅斯年圖書館館藏。

〔註85〕收錄於水野清一：《殷周青銅器と玉》頁 83，Fig.81.殷青銅器銘文（2）圖版 b。

〔註86〕收錄於水野清一：《殷周青銅器と玉》頁 83，Fig.81.殷青銅器銘文（2）圖版 c。

有鳳、人鳳合體和龍鳳合體等。這些鳥的形象，不僅是為裝飾而來
的，至少有若干在商人通神儀式起過作用。〔註87〕

上述文物均可作為東夷地區及商人對鳥類圖騰崇拜的佐證，且其中的雕玉飛燕
具有相當明確的燕子特徵，以其作為玉器創作題材正可證明燕鳥在殷人心中的
重要地位。

因此筆者推論：衛國位於殷商故地，殷商「玄鳥送子」神話在衛地必然廣
為流傳，因此對衛國人而言，「燕鳥」是能送子助孕的吉鳥，在送嫁時見到燕鳥
于飛正是一種吉兆，如此則可與鄭玄〈禮記・月令・注〉：「玄鳥，燕也。燕以
施生時來，巢人堂宇而孚乳，嫁娶之象也」之說法相吻合，故詩人感物而起興，
送嫁時吟唱「燕燕于飛」，便是祝賀新嫁娘能早生貴子之意，這與《詩經》另一
篇送嫁的〈桃夭〉以歌詠「桃之夭夭，有蕡其實。之子于歸，宜其家室」來祝
賀新娘出嫁後能早生貴子其實是類似的意涵。

八、結　論

傳統《詩經》研究者多從毛《序》之說，認為〈邶風・燕燕〉乃「衛莊姜
送歸妾時所賦之詩」，然根據「《史記》記載州吁之亂時戴媯已死」、「《詩經》
其他篇章之『于歸』均解釋為『女子出嫁』」；「『寡人』為先秦典籍中諸侯或國
君之自稱，未見古代后妃自稱『寡人』之例」三項理由，筆者以為〈邶風・燕
燕〉詩旨應解釋為「衛君送女（妹）遠嫁」較為適當。至於衛君在「之子于
歸，遠送于野」時，見燕鳥翩飛而起興賦詩，筆者以為應是借著燕鳥送子之
吉兆，祝福新娘成婚後可以早生貴子。

《漢書・地理志下》：「河內本殷之舊都，周既滅殷，分其畿內為三國，詩
風邶、庸、衛國是也。邶，以封紂子武庚；庸，管叔尹之；衛，蔡叔尹之：以
監殷民，謂之三監。……武王崩，三監畔，周公誅之，盡以其地封弟康叔，號
曰孟侯，以夾輔周室；……至十六世，懿公亡道，為狄所滅。齊桓公帥諸侯伐
狄，而更封衛於河南曹、楚丘，是為文公。而河內殷虛，更屬于晉。康叔之風
既歌，而紂之化猶存。」〔註88〕因衛國本屬殷商之故地，深受殷商文化影響，

〔註87〕張光直：《中國青銅時代・第二集》（臺北：聯經出版事業公司，1994年），頁56。
〔註88〕〔漢〕班固著，〔唐〕顏師古注：《漢書》，景印摛藻堂本四庫全書薈要第九十二卷，
　　　　頁145～146。

燕鳥在殷商始祖之感生神話中具有重要地位、少昊氏任鳥官之傳說與殷商出土文物中多見鳥型文物，均可證明衛國所在的東夷地區在殷商時代的鳥類圖騰崇拜。「簡狄行浴、服食燕卵而生子」之神話傳說，則流傳不輟而衍生出高禖祭祀、上巳祓禊、曲水浮卵等民俗活動，而這些活動之原始目的多是為了助孕求子，亦可證明燕鳥在民間已被廣泛視為求子的吉兆。是以筆者認為〈邶風‧燕燕〉首句「燕燕于飛」乃是詩人借燕鳥送子之吉兆「觸物以生情、擷取以托意」，祝福新娘成婚之後可以早生貴子，與〈周南‧桃夭〉以「桃之夭夭，有蕡其實」祝福女子出嫁後能如桃樹結果般早日孕育子嗣、興旺夫家的用法是相似的。如此，在詩旨為「衛君送嫁」的前提下，詩人眼前所見之「燕」與祝福新娘「早生貴子」之涵義，兩者便能得到合理的聯結，相較其他說法更能體現興詩：「將客觀之事物（彼物）與主觀之情意（此物）融為一體，二者看似無關，實則情味相合，精神相通。此乃作者有意之安排，並非純由觸物而已」〔註89〕之意涵。

九、參考書目

1. 〔漢〕佚名撰，袁宏點校：《逸周書》，山東：齊魯書社，2013 年。

2. 〔西漢〕司馬遷著，（日）瀧川龜太郎撰：《史記會注考證（學人版）》，臺北：洪氏出版社，1986 年。

3. 〔西漢〕劉向：《列女傳》，清嘉慶道光間儀徵阮氏刊本文選樓叢書本。

4. 〔東漢〕班固著，〔唐〕顏師古注：《漢書》，景印摛藻堂本四庫全書薈要正史類，臺北：世界書局，1986 年。

5. 〔東漢〕許慎著，〔清〕段玉裁注：《說文解字》，臺北：書銘出版公司，1992 年。

6. 〔魏〕張揖撰，〔清〕王念孫疏證：《廣雅疏證》，北京：中華書局，1998 年。

7. 〔晉〕葛洪：《西京雜記校注》，北京：中華書局，2021 年。

8. 〔南朝宋〕范曄撰，〔梁〕劉昭補志，〔唐〕李賢注：《後漢書》，景印摛藻堂本四庫全書薈要正史類，臺北：世界書局，1986 年。

9. 〔唐〕房玄齡：《晉書》，景印摛藻堂本四庫全書薈要正史類，臺北：世界書局，1986 年。

10. 〔唐〕孔穎達：《毛詩正義》，臺北：藝文印書館，1989 年。

11. 〔唐〕孔穎達：《禮記正義》，臺北：藝文印書館，1989 年。

12. 〔唐〕孔穎達：《春秋左傳正義》，臺北：藝文印書館，1989 年。

〔註89〕余師培林：《詩經正詁‧上》，頁 15。

13.〔唐〕賈公彥:《周禮注疏》,臺北:藝文印書館,1989 年。

14.〔唐〕徐堅:《初學記》,北京:中華書局,2004 年。

15.〔北宋〕李昉撰:《太平御覽》,北京:中華書局,1960 年。

16.〔南宋〕朱熹:《詩集傳》,臺北:藝文印書館,1959 年。

17.〔南宋〕王質:《詩三家義集疏》,臺北:新文豐出版公司,1984 年。

18.〔南宋〕王質:《元本三輔黃圖》,元緻和元年余氏勤有堂刻本,北京:國家圖書館 出版社,2018 年。

19.〔明〕楊慎:《丹鉛總錄》,浙江大學圖書館館藏《欽定四庫全書》影印本。

20.〔清〕朱駿聲:《說文通訓定聲》,臺北:臺灣商務印書館,1975 年。

21.〔清〕馬瑞辰:《毛詩傳箋通釋》,北京:中華書局,2005 年。

22.〔清〕崔述:《讀風偶識》,臺北:學海出版社,1992 年。

23.〔清〕姚際恆:《詩經通論》,臺北:廣文書局,1997 年。

24.〔清〕方玉潤:《詩經原始》,北京:中華書局,2009 年。

25.〔清〕王先謙:《詩三家義集疏》,臺北:明文書局,1988 年。

26.〔清〕馬瑞辰:《毛詩傳箋通釋》,北京:中華書局,2005 年。

27.〔清〕趙翼:《陔餘叢考》,石家莊:河北人民出版社,2007 年。

28.〔清〕清聖祖御製、彭定求編:《全唐詩》,北京:中華書局,1992 年。

29.(日)水野清一:《殷周青銅器と玉》,東京:日本経済新聞社,1959 年。

30. 宋鎮豪、孫亞冰、林歡:《商代地理與方國(商代史卷十)》,北京:中國社會科學 出版社,2010 年。

31. 余師培林:《詩經正詁》,臺北:三民書局,1993 年。

32. 屈萬里:《詩經詮釋》,臺北:聯經出版事業公司,1999 年。

33. 孫作雲:《詩經與周代社會研究》,北京:中華書局,1966 年。

34. 高亨:《詩經今注》,上海:上海古籍出版社,2009 年。

35. 張光直:《中國青銅時代‧第二集》,臺北:聯經出版事業公司,1994 年。

36. 傅斯年:《詩經講義稿》,臺北:五南圖書公司,2013 年。

37. 聞一多:《神話研究》,成都:巴蜀書社,2002 年。

38. 聞一多:《聞一多全集(二)》,臺北:里仁書局,2002 年。

39. 裴普賢:《詩經相同句及其影響》,臺北:三民書局,1988 年。

40. 劉惠萍:《伏羲神話傳說與信仰研究》,臺北:文津出版社,2005 年。

41.〈日本現代版流觴曲水——「曲水の宴」〉,https://kknews.cc/culture/kxzmp3q.html。

【附圖】

一、玉　器

附圖1：山東大辛莊遺址玉鳥　　　　附圖2：山東大辛莊遺址玉鸚鵡

附圖3：婦好墓玉鳳　　　　　　　附圖4：婦好墓鸚鵡型玉珮

附圖5：婦好墓連體相背鸚鵡型玉珮　　附圖6：婦好墓玉怪鳥

附圖 7：安陽殷墟博物館藏・玉鳥　　　附圖 8：玉高冠鳥柄形器

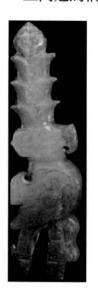

附圖 9：玉燕

二、青銅器

附圖 10：婦好墓・鴞尊　　　附圖 11：山西博物館藏・鴞卣

附圖 12：陝西省歷史博物館藏・
鳳柱斝

附圖 13：日本京都泉屋博古館
藏・鴞尊

三、銘　文

附圖 14：玄婦罍「玄鳥
婦」合文

附圖 15：鳥型銘文

附圖 16：鳥型銘文

試論上古漢語所見
以「解開」為核心義的詞族

金俊秀

國立韓國教員大學華語文教學系副教授

作者簡介

金俊秀，國立臺灣師範大學國文研究所博士，現為國立韓國教員大學（Korea National University of Education）華語文教學系副教授，研究領域為文字學、漢語音韻學、漢字教學。研究論文有〈畢字上古韻尾攷〉（被列為 2013 年韓國研究財團優秀論文支持項目）、〈溼字上古聲母考〉（被列為 2014 年韓國研究財團新進研究者支持項目）、〈關於〈常用國字標準字表〉的若干建議〉（被選為 2015 年韓國中語中文學會優秀論文）、〈上古漢語元音交替與詞彙派生現象試論〉（被選為 2017 年韓國中語中文學會優秀論文）、〈淺談簡化字對漢字教學的負面影響〉、〈「儿」與「几」的偏旁混同與相關字形的標準化〉、〈從音韻普遍性的角度看《切韻》元音體系〉（共著）等三十餘篇。

提　要

〈試論上古漢語所見以「解開」為核心義的詞族〉搜集「說」與「悅」詞族的其他詞語，根據鄭張體系分析詞族成員之間的派生關係，以此觀察漢語所特有文字與詞語的複雜聯繫，企圖窺見上古漢語的構詞機制。該詞族成員分佈於兌聲系、睪聲系、余聲系、予聲系、也聲系、俞聲系、隋聲系、虒聲系。各諧聲系列中最無標的詞形都是以 l-為聲母，即「悅」*lod、「懌」*la：g、「念」*las、「豫」*las、「愉」*lo，並且皆表「喜悅」之義。這絕非偶然，此一現象強烈暗示它們之間確實有一個共同的詞源。

一、前　言

　　通假現象常見於古書尤其是先秦文獻中，例如我們閱讀《論語》一開始就遇到通假字，第一句「學而時習之，不亦說乎？」的「說」，不就是要讀「悅」嗎？通假的首要條件是語音相似性，當Ａ讀為Ｂ時，此二字的古音當然相同或相近，但有時我們會發現它們之間也具有同源關係。「說」與「悅」正屬於此類，對此清儒王念孫以來已有多位學者做過相關討論。本文將在前人研究的基礎上，盡可能地搜集屬於該詞族的其他詞語，並根據鄭張體系上古擬音來分析每個詞族成員之間的派生關係，以此來觀察漢語特有的文字與詞語之間的複雜聯繫，並以此略窺上古漢語的構詞機制的一面。

二、兌聲系裡的幾個同源詞

（一）將｛說、悅、脫｝歸為同一個詞族的前人研究

　　裘錫圭（1988）曾指出，先秦文獻中常以「說」表｛悅｝或｛脫｝，不僅由於語音相似，也因為它們具有同源關係。

> 　　《論語》第一句「子曰：學而時習之，不亦說乎」的「說」，應該讀為「悅」。這是讀古文的人都知道的。在古書裡，以「說」表｛悅｝是常見的現象。「悅」字是用改換形旁的辦法由「說」分化出來的。｛說｝本指以言辭解釋（《墨子‧經上》：「說，所以明也。」），｛悅｝本指心中解開鬱結，跟由｛釋｝派生的｛懌｝義近（參看王念孫《廣雅疏證‧釋詁三》「怡愉、兌、解，說也」條）。｛說｝跟｛悅｝顯然是同源詞。古書中還時常用「說」字表示解脫的｛脫｝（《易‧蒙》：「用說桎梏」，干寶注：「說，解也。」《詩‧大雅‧瞻卬》「女覆說之」，《後漢書‧王符傳》引作「汝反脫之」。《說文》：「挩，解挩也。」這是解脫之「脫」的本字。據《說文》，「脫」的本義是消瘦）。｛說｝跟｛脫｝也無疑是同源詞。｛說｝、｛悅｝、｛脫｝都應該源自意義跟｛解｝、｛釋｝相近的一個母詞。這三個詞也許起先都是用「兌」字表示的[註1]，

〔註1〕王念孫《廣雅疏證‧釋詁‧卷第三上》指出，《尚書》散佚的一個篇名《說（yuè）命》在《禮記》中被引時全作《兌命》。

但是彼此間〔註2〕似乎並無本義跟引伸義的關係。從字形上看，從「言」的「說」應該是為解說之｛說｝而造的一個字。〔註3〕

裘氏還說：「古人借『說』字，而不借讀音跟它們的語音更接近的字來表示｛悅｝和｛脫｝，很可能是因為｛說｝跟｛悅｝、｛脫｝是同源詞。」王念孫指出｛悅｝與｛說｝的共同詞義是「解、釋」，裘氏在此基礎上還將同聲符字「脫」也歸入此一詞族。其說在古書通假字的問題上給予了很多啟發，但仍有尚待討論的問題，即｛說、悅、脫｝與｛兌｝之間是否有本義與引伸義的關係？以及，｛釋｝、｛懌｝二詞既然同源，那到底是｛釋｝從｛懌｝派生，還是｛懌｝從｛釋｝派生？〔註4〕

實際上，在裘氏以前就有西方學者蒲立本（1973）和包擬古（1980、1985）已將｛說、悅、脫｝視為同源詞，他們的主要依據源於親屬語言比較。與其相反，裘氏依乾嘉學派的傳統訓詁法僅用了漢語內部材料，而東西方學者得出的結果竟如此一致，此點令人頗為驚喜。

蒲立本（1962）發現｛脫｝與藏語的 lʰod-pa（義為'loose, relaxed'）可對應，認為中古透母（tʰ-）很可能來源於更早期的 lʰ-。〔註5〕之後蒲立本（1973）則確定了*lʰ->tʰ-的演變模式，同時將｛脫、說、悅、釋、懌、捨、諭、愉、偷｝歸入同一個詞族。其中包含三個兌聲系字，下面是蒲氏為之所擬〔註6〕：

脫：*lʰwát>tʰwat　義為'take off'

說：*lʰwàt>ɕwiet　義為'explain'

悅：*lwàt>jwiet　義為'pleased'

基於蒲說，包擬古於 1980 年和 1985 年兩篇論文裡列舉了屬於同一詞族的

〔註2〕此處「彼此間」應指「｛兌｝與｛說、悅、脫｝之間」。

〔註3〕詳見裘錫圭（1988）：《文字學概要》臺灣正體版（臺北：萬卷樓圖書有限公司，2002年），頁214。裘氏為了明確文字與詞語的區別，以花括號｛ ｝來標明文章裡提到的詞語或詞素，本文亦遵照此一標記法。

〔註4〕下文也會解釋，「兌」後代表示「交換」義，也是從該詞族核心義「解開」派生來的。又，從上古擬音來看，不是｛懌｝從｛釋｝派生，而是｛釋｝從｛懌｝派生。

〔註5〕Edwin G. Pulleyblank（1962），"The Consonantal System of Old Chinese", *Asia Major* 9, p.116. 該文之中譯本為潘悟雲、徐文堪（1999）譯：《上古漢語的輔音系統》（北京：中華書局，2008年）。

〔註6〕Edwin G. Pulleyblank（1973），"Some New Hypotheses Concerning Word Families in Chinese", *Journal of Chinese Linguistics* Vol.1, No.1, p.116～117, p.120.

十多個詞語，下面轉載 1985 年論文的相關內容〔註7〕，表中漢字的上古擬音是包氏自己所擬。

	兌 *lots	'glad'
上古漢語	悅 *lòt	'pleased, glad'
	脫 *hlòt	'peel off, take off clothes, relieve, careless'
	脫 *lot	〃　〃
	說 *hlòts	loan for 'let loose, pleased, glad'
藏文	glod（g-lot）	'loosen, relax, comfort, cheer up'
	lʰod（also glod, lod）	'loose, relaxed, easy, unconcerned'
緬文	hlwat	'free, release'
	klwat	'taken off'
	kʰlwat	'to taken off'
列普查語	flyát, flyót（*hlwyat）	'relax, loosen'

按照包擬古的擬音系統上古音 *lots 相當於杜外切（duì），「兌」讀杜外切（duì）沒有「喜悅」義，卻釋義作「glad」。他還將「脫」的兩讀 *hlòt（他括切）和 *lot（徒活切）視為同一個詞義。即便存在這些小問題，包擬古（1980、1985）已充分表明了上古漢語的該詞族成員與親屬語言「齒齦邊近音＋元音＋齒齦塞音」音節結構的詞語之間的關係相當密切。還有一點必須提及，蒲立本（1973）所列「說」的上古擬音 *lʰwàt 相當於失爇切（shuō），表「explain」義，可見他將「以言辭解釋」義的｛說｝（shuō）歸為同源詞。但是包擬古（1980，1985）所列「說」的上古擬音 *hlòts 相當於舒芮切（shuì），並解釋這是被假借為「let loose, pleased, glad」義時的讀音，由此看來，包氏未將｛說｝（shuō）當作同源詞，而是將先秦文獻中常借「稅」字來表示的，「休憩、止息」義的｛說｝（shuì）歸了同源詞。〔註8〕此外，據全廣鎮（1996），包擬古在此同源詞表中列舉的藏文詞語 lʰod-pa、glod-pa、lod-pa 的詞幹是 lʰod／lod，其中第二個 lod 正與下面

〔註 7〕Nicholas C. Bodman（1980），"Proto-Chinese and Sino-Tibetan: data towards establishing the nature of the relationship", *Contributions to Historical Linguistics: issues and materials*(Leiden: E.J.Brill, 1980), chap. 6.41. Nicholas C. Bodman（1985），"Evidence for l and r medials in Old Chinese and associated problems", *Linguistics of the Sino-Tibetan Area: The State of the Art* (Canberra: Australian National University, 1985), p.160. 此二文之中譯本載於潘悟雲、馮蒸（1995）譯：《原始漢語與漢藏語》（北京：中華書局，2009 年）。

〔註 8〕《詩經·國風·召南·甘棠》：「蔽芾甘棠，勿翦勿拜，召伯所說（shuì）。」《詩經·國風·鄘風·定之方中》：「靈雨既零，命彼倌人，星言夙駕，說（shuì）于桑田。」

我們要介紹的鄭張體系擬音「悅」*lod 完全一致。[註9]

（二）從鄭張體系擬音看｛悅、說、脫、奪｝的派生關係

下面我們將通過鄭張尚芳（2003）上古擬音來考察這些同源詞之間的派生關係，同時還要討論一些關於文字表現方面的問題。相關諸字的鄭張體系擬音如下：

悅：*lod（月 3 部）＞jiuɐt（弋雪切，以薛入合三）＞ye⁵¹（yuè）

說：*hljod（月 3 部）＞ɕiuɐt（失爇切，書薛入合三）＞ṣuo⁵⁵（shuō）

挩（脫）：*lʰo：d（月 3 部）＞tʰuɑt（他括切，透末入合一）＞tʰuo⁵⁵（tuō）

敓（奪）：*l'o：d（月 3 部）＞duɑt（徒活切，定末入合一）＞tuo³⁵（duó）

兌聲系字上古韻部普遍都歸入月部，而鄭張體系將傳統月部再分為三，即月 1 部（-ad）、月 2 部（-ed）、月 3 部（-od），兌聲系字則歸月 3 部。「悅」的中古聲母是以母（＝喻四，j-），中古以母（j-）源自上古 l- 之說，已被大多古音學家所接受，據此「悅」上古音自然可擬為 *lod。「說」的中古聲母是書母（＝審三，ɕ-），書母（ɕ-）是上古 *hlj-、*hNj-、*qʰj- 合流而成，兌聲系字的聲幹是齒齦邊近音 l-，因此「說」上古音可擬為 *hljod。

至於「脫」的他括切（tuō）一讀，先要討論用字方面的一些問題。《說文》與段注都認為「解脫」義的「脫」的本字是「挩」，徒活切（duó）的「脫」字的本義是「消肉臞」。[註10] 然而，現存的古文獻中很難看到用「挩」字來表「解脫」義的。《儀禮》中雖有「挩手」一語，共見 13 次，但是這個「挩」字的讀音是輸芮切（shuì），鄭玄注曰「拭也。」《穀梁傳‧宣公 18 年》有「戕，猶殘也。挩殺也。」范審注曰「挩謂捶打殘賊而殺。」這裡的「挩」字雖然讀他括切（tuō），但是並不表示「解脫」義。

如果從「解脫」詞義的動作性來看，當然從「肉」不如從「手」。丘彥遂（2016）以《國語‧齊語》「脫衣就功」為例，就認為「脫」字很早就開始用

[註 9] 全廣鎮（1996）：《漢藏語同源詞綜探》（臺北：學生書局，1996 年），頁 192。

[註10] 《說文‧手部》：「挩，解挩也。從手，兌聲。他括切。」段注：「今人多用脫，古則用挩，是則古今字之異也。今脫行而挩廢矣。」《說文‧肉部》：「脫，消肉臞也。從肉，兌聲。徒活切。」段注：「消肉之臞，臞之甚者也。今俗語謂瘦太甚者曰脫形，言其形象如解蛻也。此義少有用者。今俗用為分散、遺失之義。分散之義當用挩。手部挩下曰，解挩也。遺失之義當用奪。奞部曰，奪，手持隹失之也。」

來代替「挩」字。〔註11〕當然，所謂傳世本，其實大部分都是焚書坑儒之後由漢代經師傳抄下來的，也就是說，我們不能排除先秦時期本來寫「挩」字的，漢代以後的傳抄過程中按照當時書寫習慣改寫為「脫」字的可能。「脫」字用為「消肉臞」義的例句未見於先秦文獻，反而多表示為「除去（某物）」義或「脫離（於某處）」義。

（1）《禮記・內則》：「狼去腸，狗去腎，狸去正脊，兔去尻，狐去首，豚去腦，魚去乙，鱉去醜。肉曰脫之，魚曰作之。」

（2）《爾雅・釋器》：「肉曰脫之，魚曰斮之。」

（3）《老子・第36章》、《莊子・胠篋》：「魚不可脫於淵，國之利器不可以示人。」

（4）《管子・霸形》：「今君之事，言脫於口，令不得行於天下。」

（5）《左傳・僖公33年》：「秦師輕而無禮，必敗。輕則寡謀，無禮則脫。入險而脫，又不能謀，能無敗乎？」

（6）《國語・周語中》：「入險而脫，能無敗乎？」

（7）《老子・第54章》：「善建者不拔，善抱者不脫，子孫以祭祀不輟。」

（8）《韓非子・喻老》：「善建不拔，善抱不脫，子孫以其祭祀世世不輟。」

（9）《國語・齊語》：「脫衣就功，首戴茅蒲，身衣襏襫。」

（10）《莊子・至樂》：「蝴蝶胥也化而為蟲，生於竈下，其狀若脫（tuì），其名為鴝掇。鴝掇千日為鳥，其名為乾餘骨。」

《禮記》和《爾雅》裡除去動物身上多餘部分的動作稱為「脫」，《左傳》「無禮則脫」的「脫」是指「舉動脫略」，即表示脫離法度之義。《莊子》的「脫」讀「蛻」，{脫}與{蛻}是自高本漢（1933）以來凡是研究古漢語詞族的論著幾乎無一例外均視為同源詞。〔註12〕

〔註11〕丘彥遂（2016）：《從漢藏比較看漢語詞族的形態音韻》（臺北：五南圖書出版股份有限公司，2016年），頁61。

〔註12〕Bernhard Karlgren（1933）著，張世祿（1937）譯：《漢語詞類（Word Families in Chinese）》（太原：山西人民出版社，2015年），頁171、174。

　　通過以上考察，本文就以「挩（脫）」來表「解脫」義的他括切（tuō）。從「肉」之「脫」字的造字本義，似乎與「蛻」有密切關係，此點待下文再討論。此外，《說文》大徐本「脫」字的反切徒活切（duó）究竟是從何而來的？《說文》兌聲系裡就有「㪜」字，《說文·攴部》：「㪜，彊取也。……從攴，兌聲。徒活切。」。而這個「㪜」字早被淘汰，文獻多用「奪」字，因此本文就以「㪜（奪）」來表「強取」義的徒活切（duó）。〔註13〕王力（1982）曾將｛脫、蛻、裞、扡（拖）、奪｝歸一個詞族。〔註14〕「㪜（奪）」字表「強取」義，應該是從「挩（脫）」的兩個詞義「脫離」和「除去」中的後者派生出來的。因此本文從王說，將｛㪜（奪）｝與｛挩（脫）｝視為同源詞。

　　我們再回到鄭張尚芳（2003）的上古音構擬。「挩（脫）」的中古聲母是透母（tʰ-），有些中古透母（tʰ-）字在上古時期與l-聲母字諧聲，鄭張體系認為這類透母（tʰ-）源自清送氣邊音 l̥ʰ-，因此「挩（脫）」上古音擬作*l̥ʰoːd。「㪜（奪）」的中古聲母是定母（d-），有些中古定母（d-）字往往與中古以母（j-）字諧聲或通假，這種現象一般稱作「喻四古歸定」，從上個世紀以來已備受學者們的關注，音理上講是 l-經過塞化中古變定母（d-），如果 l-腭化則是ʎ-，中古變以母（j-）。鄭張體系將中古變定母（d-）的用「'」來區別於普通的流音，因此「㪜（奪）」上古音擬作*l'oːd。以上詞語的派生關係應為如下：

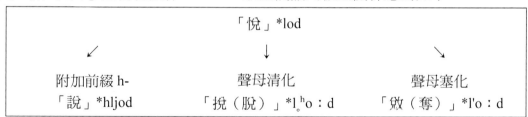

「兌」*lod		
↙	↓	↘
附加前綴 h-	聲母清化	聲母塞化
「說」*hljod	「挩（脫）」*l̥ʰoːd	「㪜（奪）」*l'oːd

　　從詞形的有標理論而言，沒有詞綴是無標的，可定其為詞根。在塞音的清濁交替中通常清音是無標的，而就齒齦邊近音 l-而言，從語言類型學角度看濁音才無標，由於在人類各種語言中近音一般是濁的，清的偶爾在藏語、土耳其

〔註13〕《說文》「㪜」字條之段注云：「後人假奪為㪜，奪行而㪜廢矣。」古文字資料中「奪」字多見於西周金文，相反「㪜」則始見於戰國文字材料。可能是古人起初為表「強取」義造的是會意字「奪」，後來跟同源詞文字「挩（脫）」聲旁相同的形聲字「㪜」出現，但是它終究未能代替「奪」反而被淘汰。古文字資料詳見陳初生（1987）：《金文常用字典》（西安：陝西人民出版社，2004 年），頁 375、429。董蓮池（2011）：《新金文編》（北京：作家出版社，2011 年），頁 386、443。
〔註14〕王力（1982）：《同源字典》（北京：商務印書館，2002 年），頁 489～490。

語等出現。據此，本文認為這幾個同源詞中「悅」*lod 是詞根，「說」*hljod、「挩（脫）」*l̥ʰoːd、「敓（奪）」*l'oːd 皆由此派生。〔註15〕這四個字，白一平＆沙加爾（2014）擬作「悅」*lot、「說」*l̥ot、「脫」*mə-l̥ˤot、「奪」*Cə.lˤot，據其擬音同樣可判斷為「悅」*lot 是詞根，其餘均由此派生。〔註16〕

附帶一提，古人造字並不會考慮詞根或詞語派生，因此有時詞語和文字的產生順序並不一致。比如｛黑｝和｛墨｝是大家公認的一對同源詞，從語音上講「墨」*mluːg 是詞根，加前綴 h-派生出「黑」*hmluːg，但要從文字的角度看，理應先有「黑」字，後來加「土」旁再造「墨」字的。當然也有像「令」*reŋs 和「命」*mreŋs 那樣詞語和文字的產生順序一致的。也就是說，即便我們判斷該詞族的詞根是*lod，這並不意味與其對應的文字「悅」是在用來表示該詞族成員的幾個文字中最早造出來的。事實上，「悅」是後起字，《說文》未收，始見於漢隸，先秦文獻中則以「兌」或「說」表示。後面我們會詳論，此諧聲系列的主諧字「兌」，其造字本義應當是「喜悅」。那麼，*lod 的書寫方式可能經過了「兌→兌、說（一度混用）→悅（後起專用字）」的過程。故此，下文姑且將該詞族稱作「兌」詞族。

（三）附加後綴-s 派生的詞語

上文我們討論過「悅」*lod 是詞根，通過變化聲母的辦法派生了「說」*hljod、「脫」*l̥ʰoːd、「奪」*l'oːd。這些詞語的核心詞義是「解開」，「悅」*lod 指解開心中鬱結而感到欣慰（「喜悅」），「說」*hljod 指以言辭解釋（「說明」），「脫」*l̥ʰoːd 指卸下身上之物（「脫衣」）或者從某個地方離開（「脫離」）。還有，「脫」*l̥ʰoːd 是自願卸下身上之物的，而「奪」*l'oːd 是被別人強迫拿走身上之物的，這就有了強取之義（「強奪」）。《詩經・大雅・瞻卬》第二聯就有「脫」與「奪」在同一段落裡用於對比。

> 人有土田，女反有之；人有民人，女覆奪之。

> 此宜無罪，女反收之；彼宜有罪，女覆說（tuō）之。

〔註15〕上古聲母 hlj-中的-j-表示後世發生膶化，與詞語派生機制無關。

〔註16〕William H. Baxter & Laurent Sagart（2014），*Old Chinese: a new reconstruction*, New York: Oxford University Press, 2014. The Baxter-Sagart reconstruction of Old Chinese（Version 1.1, 20 September 2014），http://ocbaxtersagart.lsait.lsa.umich.edu.

引文中的「說」讀「脫」〔註17〕，「奪」與「說」不僅押韻，詩境中也成反義對比。而由「悅」*lod 派生出去的詞語不止「說」*hljod、「脫」*lʰoːd、「奪」*l'oːd 三個。眾所周知，漢語經常通過聲調變化來創造新詞，稱之為「變調構詞」，其中最為常見的就是非去聲變去聲之法。奧德里古爾（1954）以來大多古音學家認同中古去聲來源於上古後綴-s 的看法〔註18〕，「變調構詞」大多其實就是指附加後綴-s 構成新詞。有趣的是，「說」*hljod、「脫」*lʰoːd、「奪」*l'oːd 三詞均有通過加後綴-s 再分化出去的詞語。它們的鄭張擬音如下：

說：*hljod（月 3 部）＞ɕiuɐt（失爇切，書薛入合三）＞ʂuo⁵⁵（shuō）

說、稅：*hljods（月 3 部）＞ɕiuɐi（舒芮切，書祭去合三）＞ʂuei⁵¹（shuì）

挩（脫）：*lʰoːd（月 3 部）＞tʰuat（他活切，透末入合一）＞tʰuo⁵⁵（tuō）

脫（蛻）：*lʰoːds（月 3 部）＞tʰuai（他外切，透泰去合一）＞tʰuei⁵¹（tuì）

敓（奪）：*l'oːd（月 3 部）＞duat（徒活切，定末入合一）＞tuo³⁵（duó）

兌：*l'oːds（月 3 部）＞duai（杜外切，定泰去合一）＞tuei⁵¹（duì）

先看「說」。孫玉文（2015）將其分為「說 1、說 2、說 3」三類，並詳細討論「說」的詞語分化，簡要整理如下：〔註19〕

說 1	原始詞：失爇切（shuō）〔動詞〕解釋，說明。 　　　　　　→〔名詞〕解釋，說明的話，言辭。 孳生詞：舒芮切（shuì）〔動詞〕用理由充分的話使對方心服，說服。 　　　　　　→〔名詞〕用來說服別人的話，勸說的話，遊說的話。
說 2	原始詞：失爇切（shuō）〔動詞〕陳述，解說。 孳生詞：舒芮切（shuì）〔動詞〕徵收賦稅。 　　　　　　→〔名詞〕賦稅。
說 3	原始詞：失爇切（shuō）〔動詞〕解釋，說明。 孳生詞：舒芮切（shuì）〔動詞〕取下，除去，脫去。 　　　　　　→〔動詞〕釋放。 　　　　　　→〔動詞〕贈送財物。

〔註17〕王力（1980）：《詩經韻讀楚辭韻讀》（北京：中國人民大學出版社，2005 年），頁354。

〔註18〕André-Georges Haudricourt（1954）著，馮蒸（1986）譯，〈越南語聲調的起源（De L'origine Des Tons En Vietnamien）〉，《馮蒸音韻論集》（北京：學苑出版社，2006年）。

〔註19〕孫玉文（2015）：《漢語變調構詞考辨》（北京：商務印書館，2015 年），頁 1283～1289。

　　孫氏認為失爇切（shuō）是原始詞，由此派生了以上孳生詞。其中「說1」的情況是很容易理解的，不需要太多的說明。「說」（shuō）的「說明」義與孳生詞「說」（shuì）的「說服」義，詞義關係頗為密切，迄今無另造分化字，因此「說」字的兩讀「shuō」與「shuì」一直沿用至今。關於「說2」的孳生詞孫氏引用了陸宗達的見解：「說」義為「陳述」，「閱」義為「具數」〔註20〕，「稅」指按土地產量賦稅，可以斷定它們共有的核心義是「數數兒」。關於「說3」，孫氏認為「解釋、說明」的目的就是要除去人們的疑惑，所以由此派生出表「取下、除去」義的舒芮切（shuì）一讀。

　　孫說基於龐大文獻資料，但由於｛說｝與｛悅、脫、奪｝同屬一個以「解開」為核心義的詞族，本文認為孫氏的部分觀點有待商榷。茲為便於論述起見，在《王力古漢語字典》和《古代漢語詞典（第二版）》中選出「說、稅、脫、奪」四字義項中凡是出自於先秦文獻並與本次討論相關的內容，整理如下：〔註21〕

說	shuō：〔1〕解說，陳述。〔2〕主張，學說。 shuì：〔1〕說服，勸說。〔2〕舍止，休息。也作「稅」。 yuè：〔1〕喜悅，高興。後世作「悅」。 tuō：〔1〕脫去，脫落。通「脫」。
稅	shuì：〔1〕田稅。〔2〕贈送。〔3〕釋放。 yuè：〔1〕通「悅」。 tuō：〔1〕通「脫」。
脫	tuō：〔1〕肉去皮骨。〔2〕脫離，脫落。〔3〕使脫離，即除去、除掉。 　　〔4〕出，從裡到外。〔5〕簡慢，不放在心上。 tuì：〔1〕舒緩貌。〔2〕昆蟲、爬蟲類脫下的表皮。後世作「蛻」。
奪	duó：〔1〕強取。〔2〕失。

　　「說（shuì）〔1〕」從「說（shuō）〔1〕」派生，不難理解，但古文獻裡或作「稅」的「說（shuì）〔2〕」也直接從「說（shuō）〔1〕」派生就難說了。下文第三章我們會討論其他諧聲系列所見類似類型的詞語派生，其中余聲系就有一個「舍」字，它與「說（shuì）〔2〕」一樣也表「舍止、休息」義且同是書母去聲。上文所引之包擬古（1985）同源詞表中就將「說（shuì）〔2〕」與｛兌、悅、脫｝歸併到一起，本文認為「說（shuì）〔2〕」應該是從「兌」詞族的核心義「解開」

〔註20〕《說文·門部》：「閱，具數於門中也。从門，說省聲。」
〔註21〕王力（2000）主編，《王力古漢語字典》（北京：中華書局，2007年）。張雙棣、殷國光（1998）主編，《古代漢語詞典（第二版）》（北京：商務印書館，2015年）。

派生出來的。就英語來說無論「relax」還是「chill out」或「wind down」，它們都同時具有「鬆懈」義與「休息」義。

另外，陸氏以「數」為核心義，認為「田稅」的「稅（shuì）〔1〕」從「說（shuō）〔1〕」直接派生，其觀點稍顯牽強。「稅（shuì）〔1〕」用為動詞，表「收稅」義，作名詞則表「稅金」義〔註22〕，若它也屬於「兌」詞族，應該是跟「奪」關係比較密切。張希峰（2000）和殷寄明（2007）曾從兌聲系中選出一部分字，以｛脫｝為核心義立了一個詞族，其中張氏的研究裡「稅（shuì）〔1〕〔2〕〔3〕」與｛挩（脫）、敓（奪）｝同屬一個詞族。〔註23〕

裘錫圭（1988）曾指出雖然「說」字在先秦文獻中常表示｛悅｝或｛脫｝，但字形上從「言」說明其造字本義當為「說（shuō）〔1〕」。同理，「稅」字從「禾」，其造字本義應該是「稅（shuì）〔1〕」。至於「脫」字，字形從「肉」，其造字本義也許是「脫（tuō）〔1〕」，但也有可能是「脫（tuì）〔2〕」。上文已說明，根據《說文》和段注「脫」的本字是「挩」，因為「挩」字很快就退出了歷史舞臺，一直由「脫」字來代替，再者後來為「脫（tuì）〔2〕」另造了專用字「蛻」，這樣就完成了字形上的區別。它們的關係如下：

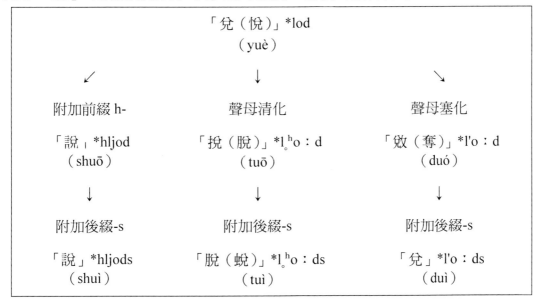

〔註22〕《孟子・公孫丑上》：「耕者，助而不稅，則天下之農皆悅而願耕於其野矣。」《老子・七十五章》：「民之饑，以其上食稅之多，是以饑。」《孟子》例句中「稅」用為動詞，《老子》例句中則用為名詞。

〔註23〕張希峰（2000）：《漢語詞族續考》（成都：巴蜀書社，2000年），頁385～393。殷寄明（2007）：《漢語同源字詞叢考》（上海：東方出版中心，2007年），頁282～285。

　　前文已述，將｛悅、說（shuō）、脫（tuō）｝歸一類的是蒲立本（1973）和裘錫圭（1988），｛脫（tuō）、奪｝歸同類的是王力（1982）。至於｛說（shuō）｝與｛說（shuì）｝的同源關係以及｛脫（tuō）｝與｛蛻（tuì）｝的同源關係，有很多學者都曾討論過，而最早歸為同源詞的是高本漢（1933）。〔註24〕梅祖麟（1980）認為上古漢語後綴-s 具有動詞變名詞的功能和內向動詞變外向動詞的功能，並列舉了大量的例子，其中就包括由動詞｛脫（tuō）｝加後綴-s 變名詞｛蛻（tuì）｝之例。〔註25〕

　　下面接著要解決的問題是，「兌」的讀音和用法，先談一下「兌」的字形結構和造字本義。《說文·儿部》：「兌，說（yuè）也。從儿，㕣聲。大外切。」許慎認為「兌」從「㕣」聲，「㕣」是「沿、鉛、船」的聲符，㕣聲系字上古韻部皆屬元部，而兌聲系字則無一例外全屬月部。大徐本就懷疑許慎的這一字形分析，便認為「當從口從八，象气之分散。」，《說文通訓定聲》亦不認為「兌」的聲符為「㕣」。林義光（1920）說：「㕣非聲。兌即悅之本字。古作「𠔎」（師兌敦），從人、口、八。八，分也。人笑故口分開。」〔註26〕就像「人」與「目」結合為「見」，表「看」義一樣，「兌」字解釋為「人」加上「口」與「八」像一張笑臉，來表「喜悅」義，其說非常合情合理。「八」的本義是「分解、分開」，中文有「破顏」一詞，韓語固有詞動詞「tɕʰo-gɛ-da」（義為「切開」）也有「笑」義。〔註27〕高鴻縉（1960）也認為「兌」是「悅」的本字，但未將「兌」上面的「八」看作「八」，而是看作人笑時在口兩旁產生的法令紋。〔註28〕這一說法也是相當有說服力的。

　　「兌」字見於甲骨文，如林氏所舉金文字形一樣，其字形結構是「八、口、人」的結合，而卜辭上的「兌」一般讀「銳」，當屬假借。〔註29〕《荀子》等

〔註24〕Bernhard Karlgren（1933）著，張世祿（1937）譯，《漢語詞類（Word Families in Chinese）》（太原：山西人民出版社，2015 年），頁 171、174、178、184。

〔註25〕梅祖麟（1980），〈四聲別義中的時間層次〉，《梅祖麟語言學論文集》（北京：商務印書館，2007 年），頁 323。

〔註26〕林義光（1920）著，林志強（2017）標點：《文源（標點本）》（上海：上海古籍出版社，2017 年），頁 193。

〔註27〕韓國《標準國語大辭典》將固有詞動詞「tɕʰo-gɛ-da」（義為「切開」）的義項列為三，其中第三項為「（不雅地）張開嘴並無聲地笑」。

〔註28〕高鴻縉（1960）：《中國字例》（臺北：三民書局，1992 年），頁 317。

〔註29〕甲骨文用例詳見趙誠（1988）：《甲骨文簡明詞典》（北京：中華書局，2009 年），頁 288。于省吾主編，姚孝遂按語（1996）：《甲骨文詁林》（北京：中華書局，1999 年），頁 84。

先秦文獻中也有的「兌」讀「銳」，可見這種假借用法是從商代傳承下來的。〔註30〕睡虎地秦簡中跟傳世文獻一樣借「說」字來表示｛悅｝，楚簡則還會用「敓」字表示｛悅｝，也見以本字「兌」表示｛悅｝之例。〔註31〕再看其他傳世文獻，《周易》「兌卦」的「兌」，即「悅」，是用為本字。〔註32〕而在《詩經》裡「兌」表示樹木或道路「筆直」的樣子，在《老子》則表示「孔竅」義，這些應該都是假借。〔註33〕

通過以上討論可知，「兌」的造字本義是「喜悅」，本為詞語*lod所造。而先秦文獻裡該詞語多借用「說」字來表示，漢以後則增加「心」旁造了後起專用字「悅」。那麼「兌」字的《廣韻》杜外切與《說文》大徐本大外切，這又是從何而來的讀音呢？其實這兩個反切推至上古音都可擬為*l'o：ds，即「敓（奪）」上古音*l'o：d附加後綴-s的。因此無論從字形還是詞義，「兌」字後來讀杜外切（duì），似乎不能簡單地判斷為假借。

「兌」字讀杜外切（duì）表「交換」義，這似乎與「兌」詞族的核心義「解開」具有密切關係。正如裘錫圭（1988）所說，｛說｝與｛悅｝的詞語派生關係，跟｛釋｝與｛懌｝十分相似。睪聲系部分字的核心詞義也是「解開」，包括｛釋、懌、譯、驛｝等，其中｛譯｝表示轉換語言，｛驛｝表示長途路程中換乘的馬。韓語固有詞動詞「pʰul-da」（義為「解開」）也有「轉換」義。〔註34〕所謂的翻譯無非就是把聽不懂的別人的語言轉換成自己的語言，即用自己的語言來重新解釋和說明，這就是「譯」。《說文·言部》:「譯，傳譯四夷之言者。從言，睪聲。」

由此本文對語音*l'o：ds與文字「兌」的關係作如下推測：原本為*lod（喜悅）造的字是「兌」，而*lod（喜悅）一詞在先秦時期就常借「說」字來表示，「兌」字卻被假借為「筆直」、「孔竅」、「尖銳」等義。後來「兌」字的這些假

〔註30〕《荀子·議兵》:「兌（ruì）則若莫邪之利鋒，當之者潰。」
〔註31〕戰國時期出土文獻的文字使用情況詳見周波（2012）:《戰國時代各系文字間的用字差異現象研究》（北京：線裝書局，2012年），頁168。
〔註32〕《周易·兌（卦58）》:「兌，說（yuè）也。」
〔註33〕《詩經·大雅·皇矣》:「帝省其山，柞棫斯拔，松柏斯兌。」《詩經·大雅·緜》:「柞棫拔矣，行道兌矣。」《老子·52章》:「塞其兌，閉其門，終身不勤。」
〔註34〕韓國《標準國語大辭典》裡固有詞動詞「pʰul-da」（義為「解開」）就有十三個義項，其中第十二項的解釋是「將難懂的轉換為易懂的」。

借用法越來越少，漢以後又出現了*lod（喜悅）的專用字「悅」，因此「兌」字則逐漸失去作用了。這時有人就拿即將消失的「兌」字來表示該詞族的另一個成員*l'o：ds（交換），久而久之，「兌」字就成為*l'o：ds（交換）的專用字了。

在漢字的世界裡，不乏失去作用的文字有時被轉用為該詞族的其他詞語。例如，「閒」字本有二讀，義為「中間」的讀*kre：n（jiān），由此附加後綴-s派生*kre：ns（jiàn），義為「間隙」。而隨著另一後起的「間」字的使用範圍越來越大，「閒」的二讀逐漸全以「間」字表示了。如此一來，「閒」字差點變成無用之物了，而漢代以後有人開始使用「閒」字來表示*gre：n（xián），義為「閒暇」。*gre：n（xián）由*kre：n（jiān）派生，屬於聲母的清濁交替，可知*kre：n、*kre：ns、*gre：n 三詞同出一個詞源無疑。再舉一例，「合」字的造字本義為「對答」，讀*t-ku：b（dá），而這個詞後來借「紅豆」義的「荅」字〔註35〕來表示，如此一來，「合」字被轉用為表示*gu：b（hé），沿用至今。*t-ku：b（dá）由*gu：b（hé）增加前綴t-派生，兩者同屬一個詞族。

上面的派生過程展示圖中，按照上古擬音推測「兌（悅）*lod（yuè）→敚（奪）*l'o：d（duó）→兌*l'o：ds（duì）」這樣的派生順序。但若考慮核心義「解開」與「交換」義的密切關係，認為「兌」*l'o：ds（duì）」直接由「兌（悅）」*lod（yuè）派生也許更加合理。

接著要討論的是，表「舍止、休息」義的*hljods（shuì）和表「收稅、稅金」義的*hljods（shuì）的來源問題。後者有專用字「稅」，而前者在先秦文獻中或用「說」或用「稅」，始終沒有造出專用字。前文所引，包擬古（1985）將「舍止、休息」義的*hljods（shuì）跟｛兌、悅、脫｝一起歸併至一個同源詞表中。雖然就上古擬音而言，假定「*lod→*hljod→*hljods」比較自然，但*hljod是｛說｝，在「解開」義和「舍止、休息」義的中間，似無需「說」，因此本文姑且認為「舍止、休息」義的*hljods是直接由*lod派生。至於「收稅、稅金」義的*hljods（shuì），張希峰（2000）也將其與｛挩（脫）｝、｛敚（奪）｝一同視為同源詞。單從常識上來看，由｛說｝*hljod派生｛稅｝*hljods是說不通的，倒不如說從核心詞義「解開」派生「強取」義，然後再從「強取」義

〔註35〕隸變以後「荅」字所從草字頭訛變為竹字頭，因此楷書寫作「答」。

派生「收稅」義的解釋，似乎更合情合理，也就是「兌（悅）*lod（yuè）→敓（奪）*lˈoːd（duó）→稅*hljods（shuì）」。這又能解釋「稅」的其他義項，如「贈送（財物）」義〔註36〕和「釋放（某人）」〔註37〕義的來源。別人收取的，也等於我所給予的，是屬上古漢語常見的「施受同辭」，至於「釋放」一義顯然是從核心詞義「解開」派生的。

（四）｛奪｝和｛失｝的關係

王力（1965）認為｛奪｝是｛失｝的使動詞，其義為「使失之」，即對強取者來說是「奪」，對被強取者來說是「失」。〔註38〕此二字的鄭張擬音如下：

奪：*lˈoːd（月 3 部）＞duɑt（徒活切，定末入合一）＞tuo^{35}（duó）

失：*hlig（質 2 部）＞ɕiit（式質切，書質入開三）＞ʂɻ^{55}（shī）

上古質部的韻尾過去一般與中古音一樣全擬為齒齦塞音，而鄭張尚芳（2003）、白一平＆沙加爾（2014）皆認為質部一部分字本帶軟腭塞音尾，後來受前高元音 / i / 的影響變為齒齦塞音。由此鄭張體系將傳統質部再分質 1 部（-id）與質 2 部（-ig），「失」歸為質 2 部，故擬其上古音為*hlig。依其構想，「失」在上古時期經過*hlig＞*hlid 音變，至中古演變為ɕiit。但若｛失｝與｛奪｝是同源詞，鑒於｛奪｝及「兌」詞族成員的韻尾全是-d，在*hlid 之前設*hlig 階段，似乎有點困難。

至於｛奪｝和｛失｝的元音不一致，我們可以用元音交替（Ablaut）現象來解釋之。上古漢語確實存在韻部不同的同源詞，比如「衛」*ɢʷads（月 1 部）與「圍」*ɢʷɯl（微 1 部）、「合」*guːb（緝 3 部）與「會」*goːbs（盍 3 部）、「抑」*ʔŋɯg（職部）與「仰」*ŋaŋʔ（陽部）等。這類現象傳統聲韻學稱為旁轉或旁對轉，但其實是在世界各語言裡都很常見的通過元音交替（或同時通過同部位的輔音尾交替）產生的詞語派生。〔註39〕總之，若接受王氏的觀

〔註36〕《禮記・檀弓上》：「未仕者，不敢稅人；如稅人，則以父兄之命。」

〔註37〕《左傳・莊公 9 年》：「管仲請囚，鮑叔受之，及堂阜而稅之。」

〔註38〕王力（1965）：〈古漢語自動詞和使動詞的配對〉，《王力語言學論文集》（北京：商務印書館，2003 年），頁 481。

〔註39〕詳見金俊秀（2017）：〈상고 중국어에 보이는 母音交替(ablaut)를 통한 어휘 파생 현상에 대한 小考〉，《中國言語研究》第 71 輯，頁 1～22。該文之中譯本〈上古漢語元音交替與詞彙派生現象試論〉載於《2017 韓國中語中文學優秀論文集》（首爾：韓國中語中文學關聯學會協議會，2018 年），頁 1～21。

點，我們可以推測，由{奪}*l'o：d加上前綴h-，並通過元音交替而派生出{失}*hlid了。

三、其他諧聲系列所見類似類型的詞語派生

如第二章第一節所引，蒲立本（1973）將{脫、說、悅、釋、懌、捨、諭、愉、偷}歸為同一詞族，其主要目的是為了證明上古漢語的元音交替構詞現象。〔註40〕王力（1982）中也有幾組跟本文內容相關的詞族：其一，表「喜悅、愉快」義的{豫、悅、懌}；其二，表「脫離、強取」義的{脫、蛻、褫、挓（拖）、奪}；其三，表「解開」義的{捨（舍）、赦、釋}；其四，表「舒緩、伸展」義的{抒、紓、舒、擴}。〔註41〕本文基於以上內容，通過鄭張體系上古擬音考察各諧聲系列的詞語派生情況。

（一）睪聲系

懌、繹、譯、驛：*la：g（鐸部）＞jiɛk（羊益切，以昔入開三）＞i⁵¹（yì）

釋：*hlja：g（鐸部）＞ɕiɛk（施隻切，書昔入開三）＞ʂʅ⁵¹（shì）

赦：*hlja：gs（鐸部）＞ɕia（始夜切，書麻去開三）＞ʂɤ⁵¹（shè）

先從睪聲系說起。如裘錫圭（1988）所言，{悅}與{懌}不僅詞義相近，還有個共同點就是各自諧聲系列中都有義為「以言辭解釋」的同源詞{說}與{釋}。本文認為睪聲系同源詞的核心義也是「解開」，就此諧聲系列而言詞根是*la：g，同音字有「懌、繹、譯、驛」。他們的詞義應該都是從「解開」派生出來的：「解開心中鬱結（即喜悅）」——「懌」，「解開糾纏之處，理出頭緒，推究事理」——「繹」，「將一種語言文字轉換為另一種語言文字」——「譯」，「長途路程中換乘的馬或換馬的地方」——「驛」。但由於語音並未分化，因此嚴格來說，它們不屬於詞語派生，只是一個詞語具有多個義項而使用不同的文字細分表示而已。但是{釋}*hlja：g確實是由{懌}*la：g附加前綴h-分化出來的詞語，這跟從{悅}*lod分化出{說}*hljod完全平行。

此外，「寬恕罪過」義的{赦}*hlja：gs無疑是在{釋}*hlja：g上附加後

〔註40〕Edwin G. Pulleyblank（1973），"Some New Hypotheses Concerning Word Families in Chinese", *Journal of Chinese Linguistics* Vol.1, No.1, p.120.

〔註41〕王力（1982）：《同源字典》（北京：商務印書館，2002年），頁155～156、162～163、164、489～490。

綴-s 派生的詞語。「赦」字的鄭張尚芳（2003）擬音是*qʰljaːgs，他所據為《說文》小篆「赦」從「赤」*kʰljaːg聲，而西周晚期金文資料上的「赦」字是由「亦」與「攴」組合而成，即從「亦」*laːg聲。〔註42〕可知在「赦」的聲幹 l-前面不需要加小舌塞音 qʰ-，就用中古書母（ɕ-）最常見的來源*hlj-擬作*hljaːgs 即可。如此構擬出來的｛赦｝*hljaːgs，讓我們很清楚的看到其與｛釋｝*hljaːg 之間的派生關係。

（二）余聲系

悆：*las（魚部）＞jɨʌ（羊洳切，以魚去合三）＞y⁵¹（yù）

捨：*hljaːʔ（魚部）＞ɕia（書冶切，書麻上開三）＞ʂɤ³¹⁵（shě）

舍：*hljaːs（魚部）＞ɕia（始夜切，書麻去開三）＞ʂɤ⁵¹（shè）

除：*l'a（魚部）＞ɖɨʌ（直魚切，澄魚平合三）＞tʂʰu³⁵（chú）

敘：*ljaʔ（魚部）＞zɨʌ（徐呂切，邪魚上合三）＞ɕy⁵¹（xù）

蒲立本（1973）和王力（1982）都只提到｛捨｝或｛舍｝，而由於「舍」從「余」*la 得聲〔註43〕，因此有必要將範圍再擴大至余聲系尋找同源詞。有趣的是，余聲系裡有一個義為「喜悅」的字，那就是「悆」*las。「捨」於《說文》釋義為「釋也」，｛捨｝*hljaːʔ應該是由｛悆｝*las 派生出來的，其詞語分化跟由｛悅｝*lod 派生「釋放」義的｛稅｝*hljods 很是相近。再則，在｛捨｝*hljaːʔ上附加後綴-s 分化出「舍止、休息」義的｛舍｝*hljaːs，這跟由｛悅｝*lod 分化出「舍止、休息」義的｛說、稅｝*hljods 平行。

余聲系還有「除去」義的｛除｝*l'a，這令人想到由｛悅｝*lod 派生的｛脫｝*l̥ʰoːd 與｛奪｝*l'oːd。兌聲系同源詞中亦有「說明」義的｛說｝*hljod，可見「陳述」義的｛敘｝*ljaʔ也應當歸入該詞族。

（三）予聲系

豫：*las（魚部）＞jɨʌ（羊洳切，以魚去合三）＞y⁵¹（yù）

抒：*ɦljaʔ（魚部）＞zɨʌ（神與切，船魚上合三）＞ʂu⁵⁵（shū）

紓、舒：*hlja（魚部）＞ɕɨʌ（傷魚切，書魚平合三）＞ʂu⁵⁵（shū）

〔註42〕「赦」金文字形參見董蓮池（2011）：《新金文編》（北京：作家出版社，2011年），頁 387。

〔註43〕季旭昇師（2002）：《說文新證》（臺北：藝文印書館，2014年），頁 441。

「余」*la、「予」*la 二字，古代作為第一人稱代詞可互用，兩者古音相同。〔註44〕余聲系與予聲系之間也有讀音相同的字，即「悆」*las 與「豫」*las：「悆」從「余」聲，「豫」從「予」聲。先秦文獻裡「豫」字有時作「喜悅」義使用，這時「豫」跟「悆」實際上是同一個詞的不同寫法。

{抒} *ɦlja? 義為「表達、發泄」，{紓} *hlja 義為「緩、散開」，顯然兩者皆從核心義「解開」分化出來的。「舒」字在先秦文獻中作「展開、舒展、緩解」義使用，「紓」*hlja、「舒」*hlja 二字上古音相同，它們應該是一個詞語不同義項的不同文字表現。〔註45〕此外，《說文》認為「舒」從「予」聲，其實也可分析為「舍」、「予」皆聲，也就是說，「舒」應該是個雙聲字。

（四）也聲系

弛：*hljal?（歌 1 部）＞ɕiᴇ（施是切，書支上開三）＞tʂʰʅ³⁵（chí）〔註46〕

施：*hljal（歌 1 部）＞ɕiᴇ（式支切，書支平開三）＞ʂʅ⁵⁵（shī）

拖：*l̥ʰa:l（歌 1 部）＞tʰɑ（託何切，透歌平開一）＞tʰuo⁵⁵（tuō）

也聲系雖然沒有表「喜悅」義的字，但是也有幾個可歸入該詞族的，即 {弛、施、拖}。表「放鬆弓弦」義的 {弛} *hljal 與表「拉緊弓弦」義的 {張} *taŋ 成反義詞，「弛」字形從「弓」，《說文》釋義為「弓解也」。{施} *hljal 表「散佈、推行、給予」之義，與 {舒} *hlja 語音上只有韻尾的區別，詞義亦相近。「拖」字的《說文》小篆字形作「扡」形，「它」*l̥ʰa:l 與「也」*la:l? 上古音相近，作為聲旁常多通用。〔註47〕{拖} *l̥ʰa:l 有「曳行」、「奪取」二義，其中後者應與 {奪} *l'o:d、{脫} *l̥ʰo:d 有同源關係。〔註48〕

（五）俞聲系

愉：*lo（侯部）＞jɨo（羊朱切，以虞平合三）＞y³⁵（yú）

諭：*los（侯部）＞jɨo（羊戍切，以虞去合三）＞y⁵¹（yù）

〔註44〕「予」(yú) 用為第一人稱代詞時，其上古音與「余」*la 一樣，但是表「給與」義的「予」(yǔ) 的上古音是 *la?。

〔註45〕「抒、紓、舒」三字的釋義據於《王力古漢語字典》（北京：中華書局，2007 年），頁 352、913、1027。

〔註46〕施是切，今當讀 shǐ，chí 一讀似是訛音。

〔註47〕季旭昇師（2002）：《說文新證》（臺北：藝文印書館，2014 年），頁 859。

〔註48〕「弛、張、施、拖」四字的釋義據於《王力古漢語字典》（北京：中華書局，2007 年），頁 286、288、359、420。

偷：*lʰoː（侯部）＞tʰəu（託侯切，透侯平開一）＞tʰou⁵⁵（tōu）

以上罩聲系、余聲系、予聲系、也聲系的上古元音都是不圓脣低元音／a／，而這裡要考察的俞聲系元音則與兌聲系一樣，是圓脣半高元音／o／。就此諧聲系列同源詞而言，詞根應當是｛愉｝*lo，其義跟兌聲系「悅」、罩聲系「懌」、余聲系「忿」、予聲系「豫」一樣，是「喜悅」。蒲立本（1973）的詞族裡有三個俞聲系字，即｛諭、愉、偷｝〔註49〕，其中表「（上對下的）告知、瞭解」義的｛諭｝*los 與｛說｝*hljod 之間，表「竊取」義的｛偷｝*lʰoː 與｛奪｝*lˀoːd 之間，在詞義上都有相通之處。

（六）隋聲系

挩：*lʰoːls（歌 3 部）＞tʰuɑ（湯臥切，透戈去合一）＞tʰuo⁵¹（tuò）

墮：*lˀoːlʔ（歌 3 部）＞duɑ（徒果切，定戈上合一等）＞tuo⁵¹（duò）

墮（隳）：*hlol（歌 3 部）＞xiuɛ（許規切，曉支平合三 a）＞xuei⁵⁵（huī）

憜（惰）：*lˀoːls（歌 3 部）＞duɑ（徒臥切，定戈去合一）＞tuo⁵¹（duò）

隋聲系的上古元音亦為／o／，也能找出幾個同源詞。孫玉文（2015）認為由原始詞｛脫｝派生了孳生詞｛蛻｝和｛挩｝。〔註50〕前文已述，表「昆蟲或爬蟲類脫下的表皮」義的｛蛻｝*lʰoːds，無疑從｛脫｝*lʰoːd 所派生。那麼，表「鳥獸換毛」義的｛挩｝*lʰoːls，亦當出自｛脫｝*lʰoːd。

「墮」字本有徒果切（duò）、許規切（huī）兩讀：前者｛墮｝*lˀoːlʔ，義為「落、掉」，可能也是從「脫」*lʰoːd 而來；後者｛隳｝*hlol，義為「毀壞、損毀」，當是由｛墮｝*lˀoːlʔ附加前綴 h-所派生，而後來另造分化字「隳」，在文字表現上也分家了。還有｛惰｝*lˀoːls 一詞，其義為「懈怠、懶散」，當然也是從核心義「解開」派生出來的。

（七）虒聲系

褫：*lʰɯʔ（之部）＞tʰi（敕里切，徹之上開三）＞tʂʰʅ³¹⁵（chǐ）

　　*lʰeʔ（支部）＞tʰiɛ（敕豸切，徹支上開三）＞tʂʰʅ³¹⁵（chǐ）

　　*lˀe（支部）＞ɖiɛ（直離切，澄支平開三）＞tʂʰʅ³⁵（chí）

〔註49〕Edwin G. Pulleyblank（1973），"Some New Hypotheses Concerning Word Families in Chinese", *Journal of Chinese Linguistics* Vol.1, No.1, p.120.

〔註50〕孫玉文（2015）：《漢語變調構詞考辨》（北京：商務印書館，2015 年），頁 1262～1264。

*l'eʔ（支部）＞ḍiᴇ（池爾切，澄支上開三）＞tʂʅ⁵¹（zhǐ）

遞：*l'e：ʔ（支部）＞dei（徒禮切，定齊上開四）＞ti⁵¹（dì）

最後看虒聲系，這裡有兩個詞可歸為同源詞，即｛褫｝與｛遞｝。而「褫」的讀音有些混亂，《廣韻》共收四個反切，即敕里切、敕多切、直離切、池爾切，此四讀釋義上並無區別。又，《說文》注音為「讀若池。」《廣韻》敕里切往上逆推屬於之部，其餘三個反切均屬支部，而「池」*l'al 是個歌部字。該聲系的主諧字「虒」*sle 屬於支部，其餘諧聲字「褫、螔、踶」等亦全屬支部，據此本文姑且將「褫」歸支部。｛遞｝*l'e：ʔ在先秦文獻裡表「交替、順次更迭」之義，可與兌聲系｛兌｝*l'o：ds 和睪聲系｛譯、驛｝*la：g 對應，亦可歸入該詞族。

四、結　語

通過以上研究，我們可以知道上古漢語確實存在一個以「解開」為核心義的詞族，其成員主要分佈於兌聲系、睪聲系、余聲系、予聲系、也聲系、俞聲系、隋聲系、虒聲系。以下依照其詞義加以分類整理如下：

〔1〕解開心中鬱結。

喜悅：悅*lod、愉*lo、懌*la：g、忞豫*las

→解開糾纏之處，理出頭緒，推究事理：繹*la：g

〔2〕以言辭解釋。

解釋：說*hljod（shuō）、釋*hlja：g

→勸說：說*hljods（shuì）

陳述：敍*ljaʔ

（上對下的）告知：諭*los

〔3〕釋放、釋懷。

釋放（某人或某物）：稅*hljods、釋*hlja：g、捨*hlja：ʔ

→寬恕罪過：赦*hlja：gs

表達或發泄（情感）：抒*ɦljaʔ

給予：稅*hljods、施*hljal

〔4〕放鬆。

緩解：舒紓*hlja

　　　　舍止、休息：說稅*hljods、舍*hlja：s

　　　　放鬆弓弦：弛*hljal?

　　　　過分放鬆，即為懶怠：惰*l'o：ls

　　〔5〕卸下身上之物。

　　　　脫下：脫*l̥ʰo：d

　　　　　→昆蟲或爬蟲類脫下的表皮：蛻*l̥ʰo：ds

　　　　　→鳥獸換毛：毻*l̥ʰo：ls

　　　　　→落下：墮*l'o：l? →毀壞：隳*hlol

　　〔6〕奪取。

　　　　強取：奪*l'o：d、拕*l̥ʰa：l、褫*l̥ʰe?

　　　　　→竊取：偷*l̥ʰo：

　　　　　→丟失：失*hlid

　　　　　→除去：除*l'a

　　　　　→收稅：稅*hljods

　　〔7〕相互調換。

　　　　交換、更迭：兌*l'o：ds、遞*l'e：?

　　　　轉換語言：譯*la：g

　　　　換乘的馬：驛*la：g

　　上列諸字的上古韻部看似凌亂，其實除了虒聲系的「褫、遞」二字，其元音不外乎／a／、／o／兩種。每個諧聲系列中最無標的詞形都是以 l-為聲母，即「悅」*lod、「愉」*lo、「懌」*la：g、「忝豫」*las，並且它們都表「喜悅」之義。這絕非偶然，此一現象強烈暗示它們之間確實有一個共同的詞源。由此附加前綴 h-（或其濁音ɦ-）派生出「以言辭解釋」義的「說」*hljod、「釋」*hlja：g，表「表達、發泄」義的「抒」*ɦlja?，表「釋放」義的「稅」*hljods、「釋」*hlja：g、「捨」*hlja：?，表「舍止、休息」義的「說稅」*hljods、「舍」*hlja：s，表「緩解」義的「紓舒」*hlja，表「放鬆弓弦」義的「弛」*hljal?，表「給予」義的「稅」*hljods、「施」*hljal 等，這些詞的詞義皆由該詞族的核心詞義「解開」派生而來。

　　通過詞根聲母 l-的清化或塞化所派生的詞語，大多與「脫」*l̥ʰo：d 或「奪」*l'o：d 關係密切。由「脫」*l̥ʰo：d 分化的有，表「昆蟲或爬蟲類脫下的表皮」

義的「蛻」*lʰoːds、表「鳥獸換毛」義的「毨」*lʰoːls、表「落下」義的「墮」*lʼoːlʔ。從「奪」*lʼoːd分化的有，表「竊取」義的「偷」*lʰoː、表「丟失」義的「失」*hlid，表「除去」義的「除」*lʼa、表「收稅」義的「稅」*hljods。

　　上古漢語同源詞研究離不開上古音知識。清儒所言之「一聲之轉」和「因聲求義」，本質上是正確的，只嫌有些模糊之處。過去論及 A 和 B 之間的古音關係，主要的判斷依據是雙聲和疊韻，或者以旁轉和對轉來解釋，但仍不夠明確。自高本漢開始使用音標來構擬古代漢語的語音也已有了一百多年的歷史，經過前人不斷努力和鑽研，如今上古音已具備了相當成熟的擬音系統，這讓我們可以進而推敲和分析先秦時期的語音面貌。希望本文的研究能使上古漢語詞族研究走向進一步細緻化，為詞語派生機制研究提供更好的證據。

五、徵引書目

1. 〔東漢〕許慎撰，〔宋〕徐鉉校定：《說文解字》，北京：中華書局，2013 年。
2. 〔東漢〕許慎撰，〔清〕段玉裁注：《說文解字注》，臺北：洪葉文化事業有限公司，2001 年。
3. 〔清〕王念孫：《廣雅疏證》，北京：中華書局，2004 年。
4. 〔清〕朱駿聲：《說文通訓定聲》，北京：中華書局，1998 年。
5. 于省吾主編，姚孝遂按語（1996）：《甲骨文詁林》第 1 冊，北京：中華書局，1999 年。
6. 王力（1965）：〈古漢語自動詞和使動詞的配對〉，《王力語言學論文集》，北京：商務印書館，2003 年。
7. 王力（1980）：《詩經韻讀楚辭韻讀》，北京：中國人民大學出版社，2005 年。
8. 王力（1982）：《同源字典》，北京：商務印書館，2002 年。
9. 王力（2000）主編：《王力古漢語字典》，北京：中華書局，2007 年。
10. 中央研究院歷史語言研究所（1984）：《漢籍電子文獻資料庫》，http://hanchi.ihp.sinica.edu.tw。
11. 丘彥遂（2016）：《從漢藏比較看漢語詞族的形態音韻》，臺北：五南圖書出版股份有限公司，2016 年。
12. 全廣鎮（1996）：《漢藏語同源詞綜探》，臺北：學生書局，1996 年。
13. 林義光（1920）著，林志強（2017）標點：《文源（標點本）》，上海：上海古籍出版社，2017 年。
14. 季旭昇師（2002、2004）：《說文新證》，臺北：藝文印書館，2014 年。
15. 周波（2012）：《戰國時代各系文字間的用字差異現象研究》，北京：線裝書局，2012 年。

16. 金俊秀（2017）：〈상고 중국어에 보이는 母音交替（ablaut）를 통한 어휘 파생 현상에 대한 小考〉，《中國言語研究》第 71 輯，首爾：韓國中國言語學會，2017 年。蕭悅寧（2018）譯：〈上古漢語元音交替與詞彙派生現象試論〉，《2017 韓國中語中文學優秀論文集》，首爾：韓國中語中文學關聯學會協議會，2018 年。

17. 高鴻縉（1960）：《中國字例》，臺北：三民書局，1992 年。

18. 殷寄明（2007）：《漢語同源字詞叢考》，上海：東方出版中心，2007 年。

19. 孫玉文（2015）：《漢語變調構詞考辨》，北京：商務印書館，2015 年。

20. （韓）國立國語院（1999）：《표준국어대사전（標準國語大辭典）》，https://stdict.korean.go.kr。

21. 梅祖麟（1980）：〈四聲別義中的時間層次〉，《梅祖麟語言學論文集》，北京：商務印書館，2000 年。

22. 陳初生（1987）：《金文常用字典》，西安：陝西人民出版社，2004 年。

23. 張希峰（2000）：《漢語詞族續考》，成都：巴蜀書社，2000 年。

24. 張雙棣、殷國光（1998）主編：《古代漢語詞典（第二版）》，北京：商務印書館，2015 年。

25. 裘錫圭（1988）：《文字學概要》臺灣正體版，臺北：萬卷樓圖書有限公司，2002 年。

26. 董蓮池（2011）：《新金文編》，北京：作家出版社，2011 年。

27. 趙誠（1988）：《甲骨文簡明詞典》，北京：中華書局，2009 年。

28. 鄭張尚芳（2003）：《上古音系》，上海：上海教育出版社，2003 年。

29. 鄭張尚芳（2013）：《上古音系（第二版）》，上海：上海教育出版社，2013 年。

30. André-Georges Haudricourt（奧德里古爾 1954）著，馮蒸（1986）譯：〈越南語聲調的起源（De L'origine Des Tons En Vietnamien）〉，《馮蒸音韻論集》，北京：學苑出版社，2006 年。

31. Bernhard Karlgren（高本漢 1933）著，張世祿（1937）譯：《漢語詞類（Word Families in Chinese）》，太原：山西人民出版社，2015 年。

32. Edwin G. Pulleyblank（蒲立本 1962）著，潘悟雲、徐文堪（1999）譯：《上古漢語的輔音系統（The Consonantal System of Old Chinese）》，北京：中華書局，2008 年。

33. Edwin G. Pulleyblank（蒲立本 1973），〈Some New Hypotheses Concerning Word Families in Chinese〉，《Journal of Chinese Linguistics》 Vol.1, No.1.

34. Nicholas C. Bodman（包擬古 1980）著，潘悟雲（1995）譯：〈原始漢語與漢藏語：建立兩者之間關係的若干證據（Proto-Chinese and Sino-Tibetan: data towards establishing the nature of the relationship）〉，《原始漢語與漢藏語》，北京：中華書局，2009 年。

35. Nicholas C. Bodman（包擬古 1985）著，馮蒸（1995）譯：〈上古漢語中具有 l 和 r 介音的證據及相關諸問題（Evidence for l and r medials in Old Chinese and associated problems）〉，《原始漢語與漢藏語》，北京：中華書局，2009 年。

36. William H. Baxter & Laurent Sagart（白一平＆沙加爾 2014）著，來國龍、鄭偉、王弘治（2020）譯：《上古漢語新構擬（Old Chinese: A New Reconstruction）》，上海：上海教育出版社，2020 年。